探路者

小学校长李守义

李春雷 著

中国文史出版社

图书在版编目（CIP）数据

探路者：小学校长李守义 / 李春雷著；段飞主编 .—北京：中国文史出版社 , 2017.5

ISBN 978-7-5034-9238-9

Ⅰ.①探… Ⅱ.①李… ②段… Ⅲ.①李守义—生平事迹 Ⅳ.① K825.46

中国版本图书馆 CIP 数据核字（2017）第 112101 号

责任编辑：全秋生

出版发行 中国文史出版社
网　　址：www.chinawenshi.net
地　　址：北京市西城区太平桥大街 23 号　邮编：100811
电　　话：010—66173572　66168268　66192736（发行部）
传　　真：010—66192703
印　　装：北京时捷印刷有限公司
经　　销：全国新华书店
开　　本：787×1092　1/16
印　　张：18.75
字　　数：310 千字
版　　次：2017 年 11 月北京第 1 版
印　　次：2017 年 11 月第 1 次印刷
定　　价：35.00 元

原国家教委副主任、教育部原总督学柳斌（右前一）到校视察

国家教育咨询委员会委员顾明远（左前一）等专家为学校"青爱小屋"授牌

国家教育咨询委员会委员陶西平（右二）、时任北京市朝阳区教委主任孙其军（左一）等到校视察

全国政协常委、民进中央副主席朱永新（右）为学校教师作专题讲座

时任北京市副市长洪峰（右一）、北京市教委主任姜沛民（左一）等到校视察

让家长安心工作 让学生健康成长

时任北京市教工委书记朱善璐（右一）、北京市教委副主任罗洁（左一）、区委常委谢莹（右二）等到校视察

时任北京市朝阳区委书记陈刚（右二）等到校视察

时任北京市教工委书记苟仲文（右一）、北京市朝阳区委书记程连元（右三）
等到校视察

时任北京市朝阳区政协主席辛燕琴（右前二）等到校视察

时任北京市朝阳区人大副主任于五一（右一）、副区长关三多（右二）等到校视察

时任北京市朝阳区教委主任滕国清（左一）等到校视察

北京市及朝阳区部分人大代表到校调研

2000 年，李守义被评为"北京市劳动模范"

2010 年，李守义被评为"首都教育十大新闻人物"

目录

引 子

激情岁月

2015 年 11 月 5 日。

京城飘着入冬的第一场雪，袅袅娜娜，如花似梦。

从北京西站，辗辗转转，在京郊东南，我找到了李守义，走进了他的学校。

一眼望去，高高大大，微微驼背的他，已步入老年。而他身后，一条窄窄浅浅的小胡同里，被楼群人流簇拥的学校，红彤彤的色彩，活脱脱的容貌，宛若一朵冉冉开放的花蕾。

他躺靠在背椅里，慢条斯理，娓娓道来，说自己就是一个苦命的草根，年轻时并不爱教育，不想当"孩子王"，谁知，命运偏偏把他推向讲台，让他一辈子在基础教育的道路上奔忙。如今，七十多岁了，还在为一群孩子奔跑，也没干出什么惊天动地的事业来。

是啊，芸芸众生，有多少人能够惊天动地？

李守义的人生履历的确简单，一生一件事，几个岗位，几所学校，从未离开过孩子和校园。

可是，当你走进李守义蓬蓬勃勃的教育世界，感受他灼灼燃烧的教育激情，他实实在在又是一位有着高度教育自觉、教育智慧、教育艺术和教育忠诚的小学校长。

日月晨昏，他在攸关中国现在及其未来的基础教育之路上，不停地思考着、探索着、实践着。

1958 年，李守义 17 岁，被迫当上了朝阳区的一名小学教师。1978 年，因为工作出色调任朝阳区垂杨柳学区总支书记、校长。至今，75 岁了，他还担任着北京市朝阳区星河双语学校校长。

初进垂杨柳学区时，面对各项工作排名靠后的困境，李守义以体育为突破口，用拼搏精神拉动各学科快速前进。在"应试教育"向"素质教育"的转型中，他直面我国传统教育的顽症痼疾，大刀阔斧，先行先试，在朝阳区乃至北京市教育界率先实行教法、学法、考法、留法、评法"五法改革"，向"片面追求升学率"的"应试教育"宣战；率先实行"三二一"聘任制、"ABC"职级制、"百名骨干"评定制、名师制、奖励制等一系列大力度、大风险的连环改革创新，向"进得来出不去"的"铁饭碗"鸣枪，一举打破"能上不能下"的职称评定"终身制"，结构工资"平均制"，"干多干少一个样"的"大锅饭"，激活教师队伍，激发教学潜力，激励教育创新，使垂杨柳学区从落后变为先进，"冲出学区，走向区市，跻身全国"，成为朝阳区乃至北京市探索实践"素质教育"的典范学区。

没有丰裕的教育投入，就没有丰硕的教育产出。

为给教育输入强筋壮骨的资金，李守义一手把握教书育人这艘"航空母舰"，一手操弄下海经商这架"战斗机"，屡屡劈波斩浪，屡屡化险为夷，使垂杨柳学区成为朝阳区教育界的首富，为教育教学改革、创新一直走在前列注入了强劲动力。

24 年公办教育之路，李守义在垂杨柳学区吹起了一股股新风，留下了一个个惊叹号。

2002 年 5 月，李守义带着满身光环从垂杨柳学区光荣退休。

从事了 44 年教育，他想淡出教育圈，清闲地享受生活，朝阳区教委支持他发挥余热，创办朝阳文化培训学校。

他找准方向，短时间就把朝阳文化培训学校办成京城学子趋之若鹜的名校之一。正当文化学校风风火火之时，朝阳区教委又把办好第一所公助民办打工子弟学校的重担交给了他。

面对一群来自农村广阔天地，"放养"惯了的打工子女，是森严地"圈养"好，还是适度地"放养"？面对打工子女诸多的课业缺失，参差的习惯能力，如何弥补和培养？

李守义认真地调查着，慎重地思索着。

他认为，公办学校校长的办学思想如果不端正，只重视智育，忽视德智体，会给孩子造成"半瘫"；打工子弟学校校长办学思想如果不端正，一心为了挣钱，只抓安全，德智体忽略不计，会给孩子造成"全瘫"。未来，绝大多数打工子弟不会再回到农村，必将成为城市的新公民，他们的基础教育比城市孩子更重要。

2011 年 3 月，李守义被评为"首都十大教育新闻人物"，颁奖词是这样的：

李守义，朝阳区星河双语学校校长。至今从教 53 年，心系弱势群体，志在打工子弟教育。他从打工子弟学校的校情、生情出发，努力提高教育质量，把学校变成了以"双语教学"和"习惯养成"为特色的京城最具盛名的民办校之一。

孩子的未来，在小学。中国的教育，在小学。

小学教育是基础，决定着孩子的一生。虽然党的十八大以来，我国教育事业在世界上的位置明显提升，已跨入中等偏上行列。但是，毋庸讳言，教育还是我国目前最落后的领域，弊病有目共睹，素质教育进展缓慢，我们与世界先进教育的差距还很大，我们的努力还远远不够，我们任重道远……

说起孩子，说起教育，李守义激情燃烧，原来波澜不惊的话语，饱满铿锵起来。

"其实地上本没有路，自己走多了，也便成了路。"

面对一群群孩子的未来，面对未竟的教育使命，面对实现"中国梦"的希望，这句因民族闯将鲁迅先生而来的信条，是李守义教育之路上长期不懈、实践探索的精神旗帜。

是的，正如他常说的：教育，只有逗号，没有句号。

李守义，这位中国城乡数目最大的小学校长之一，以灼灼的教育激情，以朗朗的老迈之躯，不停地摸索着，不停地开拓着，不停地创新着，不停地向前，向前……

第一章

苦命娃

75 岁的李守义说，自己是个苦命人。5 岁时，就不见了娘的疼爱。

对小小的幼童来说，娘是怀抱，娘是身上的衣裳，娘是口里的饭食。可这些最细微、最惯常的呵护，从懵懵懂懂记事起，李守义便永远地失去了。娘卧身荒凉的土丘，再也不管不顾他的衣食冷暖了。

穷人的孩子早当家，不是天性必然，而是生活逼迫。

李守义很小就捡柴草，因为家里的土炕总是不暖和；李守义在小伙伴的游戏中，学会了挣钱，因为清淡的饭食总是缺油少盐；李守义一次次扎进水坑里摸鱼儿，因为手中的饭碗常年见不着一点荤腥。

懂事的小孩，坚毅的小孩。穿越冬天，走过夏天，迎来春天。

李守义品学兼优，初中毕业获得了北京市优秀中学生"金质奖章"。凭着这枚令人羡慕的最高荣誉，如果想考大学，他可以随心所欲选择北京市任何一所重点高中；如果想学一门技术，早早挣钱补贴家用，他也可以由着爱好走进北京市任何一所中专。

然而，一个个美好机遇，偏偏与他失之交臂。因为色弱，他被喜欢的无线电学校拒之门外；因为家穷，他不能上高中；因为对"土木工程"的愚蠢理解，他悍然拒绝技校。

最后，老师看他实在可怜，推荐上有生活补贴的北京市师范学校。

"家有二斗粮，不当孩子王！"17 岁的李守义说，"当教师整天和一群小孩打交道，很辛苦，怕自己没耐心，当不好。再说，自己打心眼儿里不喜欢当教师。"

他拒绝了最后的升学机会。

当身边的人为之遗憾时，他却乐于务农。

可是，命运偏偏不罢休，又与他兜起了一个个令人啼笑皆非的圈子。

娘再也不起来了

捡起地上的青枣，鼓囊囊地包裹在娘的衣襟里，在锅里煮熟了，吃起来甜腻腻的，小哥俩把汤水也喝干了。

天冷了，土炕还凉巴巴的。他抱着比自己个头还高的铁锹到地里刨玉米根，沉甸甸的土疙瘩，把单薄的他撂倒在地。

长长的十八里河，弯弯曲曲，绕舍而过。

1941年1月，李守义呱呱落地，北京市朝阳区十八里店乡横街村。

茅草房里，炕火温温。屋外，寒风中的大枣树却冻僵了似的，枝干僵直，肌肤皲裂，悲鸣着，瑟瑟发抖。

李守义幼时的记忆中，一年四季，总是缺吃少穿，常常挨饿受冻。只有短短的秋天，才是尽情撒欢的季节。

一到秋天，大他5岁的哥哥便小猴子一样，麻利地爬上大枣树，抱着枝干，哗哗哗，使劲儿摇晃，圆鼓鼓的青枣满地滚跑。他欢呼雀跃着，捡起一个塞进嘴里，甜脆脆的，真是好吃。一个还没有嚼完咽下，便又慌忙塞进去一个，撑得鼓绷绷的小嘴翻卷不开。

突然，娘不知从哪里喊叫着跑出来，他一惊乍，满嘴的枣儿憋得脸红脖子粗，噎得咳嗽起来。

娘又气又怜，轻轻拍着他的后背，慈爱地说："傻孩子，生枣不能多吃，会肚胀啊。"又抬头冲着树上的哥哥气恼地喊叫："赶紧下来！"

哥哥磨磨蹭蹭下来了。娘"啪啪"两巴掌，打在哥哥身上，"说你多少次了，就不能等长红了再吃吗？"

满地的青枣，一个个捡起来，包裹在娘的衣襟里，鼓囊囊的。娘把枣放锅里煮熟了，淡淡的清香，甜腻腻的，小哥俩把汤水也喝干了。

可惜，刚刚记得娘慈爱的脸，5岁那年，一个清冷的早晨，娘躺在炕上，再也不起来了。

"娘——"

"娘——

"娘——

李守义、十岁的哥哥、一岁多的妹妹，一声声，一声声，大喊大叫，娘就是不答应。娘冰凉凉的大手蜷曲着，三个孩子一次次吃力地拉着，娘就是不肯像往日一样，微笑着拉紧他们热乎乎的小手。

孩子们的哭叫惊动来满屋乡亲，老老少少，男男女女。顿时，家里热闹起来，来来往往的人群，川流不息的眼泪，一声接一声的叹息，满院满屋都是化解不开的肃穆、沉痛。

眼睁睁的，娘被安放在一个木棺材里。

眼睁睁的，村里人吆喝着，把娘抬出了家门。

眼睁睁的，娘被深深地埋进了湿漉漉的黄土里。

这时，小小的李守义吓得直哆嗦，他想紧紧地抱住父亲的腿，可是父亲一直在奔忙，他只好靠着身旁木呆呆的哥哥。小小的他更想不通，爷爷奶奶都在出出进进地吩咐着、忙碌着，而年纪轻轻的娘，却如此安生，静静地让人抬出家门，很快埋进野地里了呢？

屋里，院里，炕上，树下，再也看不见娘匆匆忙忙的脚步了，再也听不到娘高高低低的喊叫了。

九岁那年清明节，李守义随父亲去给母亲上坟。凄风衰草，荒丘薄土。他才知道娘是早早地死了。在漆黑死寂的地下，一家老小看不见她，她也永远不再管顾一家老小的冷暖饥饱了。

这时候，已经知道生离死别的李守义，为别人都有而自己却永远不会再有的娘，哭得声嘶力竭，天昏地暗。

温暖、伟大的母爱啊，从此，在李守义的心中永远是一抹稀稀薄薄的云彩，一团朦朦胧胧的阴影。

天慢慢冷了，李守义身上还是单薄的衣衫，家里的土炕也凉巴巴的。

村村打柴，家家烧炕。小村口的树，地坎边儿的树，沟岭里的树，远远近近，高高低低，都被大人小孩砍得光秃秃的。柴草树叶成了秋冬稀罕的温暖。

李守义赶早爬起床，跑到落叶集聚的树林里、沟坎下，装满一篓篓一筐筐往家扛。背不动装满的大麻袋，就一袋袋吃力地往家拖。

刚刚秋收了玉米，还没有铁锹把儿高的李守义，抱着铁锹跑到地里刨玉米根。沉甸甸的土根，手用力一拔，便把他单薄的身体撂倒在地，扬洒了满身土。几粒顽劣的小尘土，还跳进嘴里，涩涩的，直牙碜，泪眼汪汪的他，委屈得半天吐不干净。

小院里，西墙下，终于堆起了小山似的柴草垛。看着自己起五更搭黄昏的劳动成果，李守义心里暖洋洋的。

喂鸡，喂猪，打柴，割草，帮父亲耕地打场，和泥抹房，大大小小的农家活，李守义都乐意学，争着做。

小小男子汉，成了家庭的大帮手。

其实地上本没有路，自己走多了，也便成了路。

走自己的路

李守义很喜欢鲁迅先生。

尤其是鲁迅先生的散文诗集《野草》，玄妙清奇的文字，透露出先生傲岸不屈的精神品格。每每读之，都强大而深沉地震动着李守义，使他深切地领悟到，人生中应当秉持不停向前探索的旗帜。

鲁迅先生在《故乡》结尾处写道："我想：希望本是无所谓有，无所谓无的。这正如地上的路，其实地上本没有路；走的人多了，也便成了路。"

这句关于"希望""无路""有路"的名言，李守义口诵心维，迁善改过，形成了自己的人生信条："其实地上本没有路，自己走多了，也便成了路。"

其实地上本没有路，自己走多了，也便成了路。可谓真理！

随之，这句信条成为李守义人生的精神旗帜，引领着他直面我国基础教育的现实困局，大胆探索，勇猛实践，一步步走在创新的前列。

——采访手记

小伙伴开心地吃着美味，他紧紧攥着口袋里的几枚硬币，咽下口水，转身飞跑回家了。

他一个猛子扎进水里，摸呀摸，第一次就摸到了好几条鱼。清水煮白鱼，是他人生的第一道美味。

七八岁时，李守义便会挣钱补贴家用了。

村里的小伙伴常常聚在一起玩游戏，像弹玻璃球、拍洋画、打檀，他样样技高一筹。

一枚枚杏核大小的玻璃球，圆溜溜，明晶晶，映射出一轮轮温暖的小太阳，幻化出一幅幅赤橙黄绿的缤纷世界，诱惑出一个个美妙的心思。

看定了，手指下这枚像红苹果一样的玻璃球，瞄向前方那枚绿莹莹的，估计出远远近近的距离，食指扣紧大拇指，使出大大小小的巧劲儿，射箭一般，弹出去，"叮当"一声，两球相撞！

"我赢了！这枚绿莹莹的球。"

每次玩，李守义都能赢来七八枚，装在浅浅的衣兜里，叮叮当当，激荡出美妙的脆响。转眼，哪个小伙伴输光了，还想玩，李守义转手给他，二枚能换回一分钱。

拍洋画更简单了，类似于当下孩子们热衷的打卡。蹲在地上，手中攥着一张孙悟空大闹天宫的卡片，一个巧劲儿加猛劲儿，甩下去，地上那张就被打得翻转过脸面来。

"哦，是憨憨傻傻的猪八戒呀，又归我了。"

这些小儿科的游戏中，李守义最喜欢耍大的打檀。因为诱惑人的战利品是一根根小胳膊粗细的木棍，能当做饭暖炕的柴烧。这些当玩具耍在手里的木棍，也是小伙伴们从自家的柴草垛里悄悄抱出来的。

手握这根一米长、小胳膊粗细的木棍，甩向前方两三米外另一根同样粗细长短的木棍，两根棍子一起向前冲撞到四五米远，你就赢得了那根被打出界线的木棍。

只要玩打檀，李守义每次都能赢来二十多根。抱回家，够奶奶一天烧火做饭。

卖小吃食的商贩也常常到村里转悠，货架上挂着一串串诱人的糯米蛋儿，一分钱两个。小伙伴们香喷喷地吃着，李守义满口生津地看着。他转身咽下口水，飞跑回家了。他要把紧紧攥在手里的几分钱交给奶奶，积攒起来买盐打醋，这样一家人的饭食都吃得有滋有味了。

自李守义记事，饭碗里就没见过荤腥。一年四季，吃糠咽菜，红薯萝卜白菜糊口度日。

绕村而过的十八里河，清瘦得像细绳一样。随着他渐渐长大，更是一天天枯干得不成样子，只在夏季的雨天，漫过一阵阵混混黄黄的大水。离村十里远，早年有个砖瓦窑厂。人去窑空，大大小小的土坑，却留下来五六个，成年累月积满了水。

一天，听人说坑里有鱼！李守义一口气跑过去。在房后小河汊里学会游泳的他，一个猛子扎下去，摸呀摸呀，真抓到了一条小鱼。

他兴冲冲地蹿出水面，把光滑滑的鱼甩到岸上，一个猛子接一个猛子，多半晌过去，竟然抓到了五条，最大的四五斤，最小的也有五六两重。

折枝柔柔韧韧的长柳条，把一串活蹦乱跳的鱼提回家。奶奶高兴得直抹眼泪，她哪里想到，才八九岁的小孙子这么能干。

父亲见他被水泡得嘴唇乌青、脸色煞白，越发可怜起自己早没了娘的苦命娃，黑着脸，吓唬他说："以后千万不敢再去了，水里有看不见的黑鬼，专抓小孩呢。"

奶奶到门外摘来一把绿莹莹的花椒叶子，揪下几个红彤彤的辣椒，拔出几棵水灵灵的青葱，慌忙给小孙子煮鱼吃。

哦，清水煮白鱼！一锅白白浓浓的汤水，亮亮闪闪的油星，鲜鲜嫩嫩的鱼肉，青青红红，麻辣鲜香，真是好闻、好看、好吃！满屋、满院、满心、满嘴，都是麻辣鲜香……

清淡的肠胃里，吃自己摸回来的水煮鱼，竟是李守义第一次见荤腥，是他人生的第一道美味。

麻辣鲜香的水煮鱼啊，一直回味至今。

可是，村里没见过荤腥的人还有很多，摸鱼的人也越来越多，能摸到的鱼，却越来越少。连着四五年，从水还凉巴巴的五月，到水已经不再温暖的十月，隔三差五，李守义总要偷偷跑去摸鱼。他每次下水都有收获，提回家一串，大大小小、活蹦乱跳的四五条。

也许，正是李守义小小年纪遭遇的窘迫生活，早早培育出了他的经济头脑，让他不但在游戏中求乐，还在游戏中学会了自助。

　　成年之后，在教育岗位上，面对资金困难，他更自信，也更果敢，百折不回地寻找着一个个商机，用丰裕的资金，奖励优秀教师，解决教师生活问题，营造出一个人情浓厚、多劳多得的工作环境，使教师全心全意地致力于教学创新。

都是无知犯的错

三年初中，他每天背着锅贴饼子和咸菜疙瘩，累计行程两万六千余里，获得了北京市优秀中学生的最高荣誉"金质奖章"。

什么"土木工程"？不就是泥瓦匠，砌墙抹房,这些农家活儿吗?我小时候已经跟着父亲学会了。

眼见的穷家，没有一个女人愿意上门，给李守义兄妹三人当知冷知热的后娘。

恓恓惶惶的日子，惨惨戚戚的生活。好在有奶奶帮衬着，老实巴交的父亲既当爹又当娘，一天天心事重重地拉扯着幼小的孩子们。一个个长高了，没有多少文化却善良本分的父亲说，屋里屋外冷冷清清，再难，也要供娃儿们读书，指望他们发家立业，光耀门楣。

8岁时，李守义上了小学一年级。在村里读完小学，他考进了北京市七十一中，离家有十四五里远。每天，奶奶早早起床熬玉米面糊糊汤，蒸玉米面锅贴饼子。做好了，再叫李守义起床，吃饭。

天蒙蒙亮，他就一路小跑着上学去了。一年四季，不论阴晴冷暖，他常常跑得浑身汗津津的。尤其是冬天，单薄的棉衣，一路都是湿漉漉的寒冷。

临出家门，奶奶总在布袋里装好一个金黄的锅贴饼子，一块乌青的芥疙瘩咸菜。这是他中午的饭食啊。冬天，贴饼子又冷又硬，咸菜块更是冻得像冰疙瘩，一咬一口冰碴碴。

三年初中，李守义背了三年锅贴饼子。老师教会数学上的里程计算后，李守义也给自己算了算，三年行程二万六千多里呢，比举世闻名的中国红军万里长征还长。万里长征，胜利会师了。李守义的长征，也取得了辉煌成绩。他好学懂事，不但成绩好，还乐于助人，关心集体，是班里的班主席，每学期都被评为"三好学生"。

1958年7月，他初中毕业。凭着三年六个学期的六枚"铜质奖章"，他荣获北京市教育局颁发的"金质奖章"——北京市品学兼优中学生的最高荣誉。

在班里，他是唯一的获得者。

凭着这枚令人羡慕的"金质奖章"，如果想考大学，李守义可以随心所欲选择北京市任何一所重点高中；如果想学一门技术，早早挣钱补贴家里，他也可以由着爱好走进北京市任何一所中专。家里穷，他毫不犹豫地选择了中专。

无线电，在那个传播媒体单一的时代是最抢手、最吃香的专业技术，也是李守义最喜欢的。李守义愉快地填报了北京市无线电工业学校，将来当工程师，要好好探索小喇叭的奥秘。

小时候，他常常找来一根细细长长的竹竿，挑起一根细若游丝的天线，高高地绑在摇曳的树梢上，连通穿在一起的自制铁丝网、砂纸喇叭碗，中央人民广播电台的"小喇叭"就"开始广播了"。

通过"小喇叭"这个"神器"，他没少听孙敬修讲的精彩故事，像"孙悟空三打白骨精""孙悟空三借芭蕉扇""高老庄收服猪八戒""武松打虎""逼上梁山""狼来了"……一个个天外"神音"，每每听得他如痴如醉，常常忘了吃饭、忘了睡觉。

李守义高高兴兴地去北京市无线电工业学校报到，老师仔细查看了一遍他的档案，抬头认真地看着他说："小同学，无线电专业对视力的准确度要求极高，你的体检报告是色弱，达不到要求，不能录取。"

李守义有一点点失望，但还有别的希望啊。几天前，他就听说北京市无线电精密工厂正在招工，不能上学就直接上班，也好挣钱补贴家里。出了学校，李守义直接进工厂报名。没想到，还是同样的原因，色弱，他又被喜欢的无线电拒绝了。

这一次，李守义很失望。

几天后，他收到北京市土木工程学校的录取通知书。

打开一看，是土木工程专业。

什么"土木工程"？不就是木匠、泥匠、瓦匠，砌墙、上梁、抹房，这些农家活儿吗？我从小就一样样跟父亲学会了，还用再进学校？天真的李守义不问老师一声，也不给父亲说一声，自己做主不屑一顾地拒绝了"土木工程"。

同学们一个个都有了归宿，成绩优异的他却两手空空，颗粒无收。

最后，老师动员他报北京市师范学校，他执意不报，说："当教师辛苦，常年和孩子打交道，我怕自己没有耐心，当不好。再说，我打心眼儿里也不喜欢当教师。"

"那就继续上高中，苦读三年，考更理想的大学。"老师鼓励他说。

"上三年高中要花钱，考上大学还要花钱，我家穷，哪里供得起我！"李守义又决绝地说。

"你不上师范，也不考大学，小小年纪到底想干什么？"老师着急起来。

李守义垂着头不回答，却默默地想自己有的是力气，流自己的汗，吃自己的饭，在家务农也好啊。其实，是有一个就在眼前嘴边的大现实诱惑，不仅满满地捕获了他饥饿的肠胃，更狭隘地拽持住了他登高远望的视野。1958 年下半年，村里刚刚开始吃"大锅饭"，一天三顿都有热腾腾的白面馍，三天两头还有香喷喷的炸油条，猪肉炖粉条的大锅菜。清贫的家里，除了吃过清水煮鱼，17 岁的李守义哪里享受过这样的口福，真是天下第一的皇家待遇呢。

……

唉，贫瘠的肠胃，敏感的肠胃，真是一辈子害苦了李守义。

学历偏低，知识欠缺，必将成为人生舞台的束缚。

成年后，随着见识增长，李守义对"土木工程"有了清楚的理解，那是建筑万丈高楼的精湛技术，哪里是自家砌墙上梁的简单土手艺。

自然，他万分羞愧自己无知的少小轻狂，这也成了他一辈子念念不忘的遗憾。

无知的愚蠢，却也如一股涌动不止的潜流，由衷化作绵长的求知欲念，促使李守义抱持着终身学习的理念。努力用知识、行动改变着自己的命运，更用一流的教育理念，拓展着教师们的学识能力，增长着孩子们的见识，进而改写着祖国未来一代的命运。

—— 采访手记

第二章

爱你不容易

"逃不脱的孩子王！"

最终，李守义还是被命运一把推上了自己最不喜爱的教育舞台。

从1958年8月22日，走进朝阳区厚俸小学，"孩子王"这个角色，便和李守义倔强的身心紧密联系、较量在一起。

李守义踏实真诚，性格好强。尽心尽力，尽善尽美，是他为人处事的秉持。

虽然不喜欢当教师，可一旦成了无法更改的事实，他便像一枚锐利的钻头，颇生热情，投入心力，钻研进去，激情地探索起来。

没有经验，他就暗暗向老教师学习；没有学生缘，他就放下架子，和顽皮的孩子们玩闹在一起，成为他们追捧的大哥哥；没有地位，他更不怕，浑身有掏不尽的力气和热情，学校有什么调配不开人手的空缺岗位、繁琐事、重脏活，不论分内分外，他总是不惜力地争着干。

每一个岗位上，李守义都尽心尽力，干得有声有色，漂漂亮亮。

年纪轻轻的他，成为校长开展工作须臾也离不开的左膀右臂。二十世纪六十年代初，遭遇"三年自然灾害"，所有家住农村的教师都被下放回村劳动了，学校独独留下李守义。

可是，每月只有三十多元的工资，怎么养活得了一家老小呢？

面对企业高薪和美好前程的诱惑，李守义动摇了。已经三十多岁，走上沙板庄中心小学校长岗位的他，骑着一辆破旧的自行车，前面载着美好的梦想，后面驮着繁重的教学，披星戴月，风风火火，在学校和职工大学之间穿梭。

两年后，他兴奋地拿到了可以走进企业的通行证，一张高中毕业证书。谁料，大企业令人羡慕的岗位，早已另属他人。

李守义，哭天抹泪，恨不得一头撞到墙上。

这时候，他才明白，有些机遇，一旦错过，将永远与自己失之交臂。无论你如何跑步追赶，无论你如何精心弥补，终将是一场空对月的无缘想望。生命，已经来不得更多折腾，切忌好高骛远。

一番苦乐，李守义清醒了。

　　他站在讲台上，迷迷蒙蒙地讲着"司马光砸缸"。一抬头，五六个捣蛋鬼跳窗出去了。

　　怎样聚拢住这群野孩子？一起玩游戏，瘦瘦高高的他，一会儿是老鹰，一会儿是小鸡，一会儿又是慈爱的鸡哥哥。

　　李守义高高瘦瘦，像一根颀长的竹竿，弯下腰来，韧劲十足。有了村里顿顿能吃饱吃好的"大锅饭"养着，他更像一头强健的小牛犊，耕田拉车，浑身有使不完的力气。

　　谁知，正和一群村民热热闹闹地修补被大雨冲垮的道路，准备秋收，这时学校老师又突然找到他，说朝阳区正紧缺教师，要他去当小学教师。

　　"孩子王，让人心烦的孩子王啊！躲避不开的孩子王啊！"李守义思前想后，哭笑不得，只好服从。

　　1958 年 8 月 22 日，他被分配到朝阳区南磨房乡厚俸小学。

　　一开始，学校就安排他担任三年级的班主任。自己还是个没有见过大世面的孩子呢，课堂上，怎么教育好这群比自己小不了几岁的孩子？

17岁的李守义苦恼起来。可他终究是个有担当的踏实人。一开始，他就提醒自己既然不得不做教师，那就从第一天起，尽心尽力，做个好教师，用智慧、用头脑教育好学生。

第一节课怎么上？讲什么？他费了一番脑筋，先讲好听的故事，一个"司马光砸缸"，一个"孔融让梨"。上课前，他把两个故事背得滚瓜烂熟，工工整整抄录在教案上，细细琢磨如何声情并茂地吸引住一群小听众。

铛铛铛——

铛铛铛——

工友摇着手中的铜铃，一阵阵急促地响起。高高的李守义再次拉拉奶奶一针一线给他缝制的藏蓝色新上衣，踏着铃声，挺直腰杆，庄重地迈进教室，抬脚登上讲台。

低头一看，天啊，眼前坐着的，站着的，说着的，笑着的，跑着的，打着的，一双双乌溜溜的大眼睛惊慌又怪异地瞅着自己。霎时，李守义怀里像撞进了一群群野兔，也惊慌得"怦怦"乱跳起来。

他再也不敢抬头看眼前的这群小孩，迷迷蒙蒙地读着，自顾自地讲着。

好不容易，"司马光砸缸"讲完了。

一抬头，眼前空出四五个小凳子。

"人呢？"

"跳窗户撒尿去了。"

"啊？"

李守义瞅着空洞洞的小窗口，攥着拳头，无言以对。

如何收拢住这群小孩无法无天的野心呢？

李守义想起自己的一群小伙伴，在村里，至今还其乐融融地玩在一起。以玩带学，先把这群小孩的心思聚拢在身边。

玩什么？打乒乓球，小孩个头并不比球台高多少，却被竹竿一样高的李守义，调动得上蹿下跳，左右腾挪。还玩老鹰捉小鸡的游戏，李守义这只瘦瘦的大公鸡，一会儿是老鹰，一会儿是小鸡，一会儿又是慈爱的鸡哥哥。甚至，他还和孩子们钻麦草窝，玩捉迷藏，和泥巴玩过家家。

常常一身汗，满身土。尽情疯玩后，李守义还端来一盆水，把一群泥娃娃、土娃娃擦洗得干干净净。

一天天，孩子们黏上李守义这个"孩子王"了，自然也一天天听他的话了。

每个班里都有一两个令人头疼的捣蛋鬼。办公室里，看到老教师正和调皮捣蛋的学生谈话，李守义就支棱起耳朵认真听，然后再对照自己班里的某个学生，仔细想想该怎么教导。慢慢地，他又学会了做好学生的思想工作。

有用心教育的好老师，必有文明的好学生。一个个学生懂礼貌了，专心听课了，学习进步了。小脸小手也干干净净，衣帽整整洁洁，一个个乖巧可爱起来。

很快，李守义适应了教学工作。

他总结道：当老师首先要爱学生，学生才会爱老师，听老师的话。其实，这也恰恰应和着一个通俗的教育理念："没有教不好的学生，只有不会教的老师。"

焦香的煳米饭

　　他实诚敦厚，特别勤快。工作中，哪个岗位出现空缺，他随叫随到，接手就干。

　　慢慢地，他成为校长须臾也离不开的左膀右臂。三年困难时期，所有家在农村的教师都返乡务农了，学校独独留下他。

　　"你会做饭吗？"

　　"哦，对不起，我不会。"

　　"急死我了，谁会做饭呢？"

　　"马上就中午了，几十个教师的午饭怎么办啊？"

　　一天上午，校长李文灿急得在校园里团团转，他必须马上找到一个会做饭的人呢。

　　"李校长，有啥事？需要我帮忙吗？"李守义从教室出来，远远地，看见校长急火火的样子，快步迎向前。

　　"我着急啊，做饭的陈师傅突然病了，满校园找不到一个能临时顶上去的人。"李校长脚步不停地往前找。

"校长不着急，我带几个团员去吧。"李守义说。

李校长慌忙收住脚，紧皱的眉头立刻喜悦地舒展开来。

"小伙子，你会做饭？"

可是，他上下一瞅瘦得竹竿一样的李守义，瞬间，额头上又结出了愁云。

在李守义眼里，没有什么事情能难住他，他自信地微笑着，点点头。

眼见日挂中天，已经来不及和面、轧面条了，李守义就找来四个团员，一伙人手忙脚乱地做又快又省劲儿的蒸米饭。

开灶，往锅里添水，用大盆淘米，再把米倒进大笼屉上，加柴，大火开蒸。李守义熟练地操作着。

他怕火不够旺，柴火一根接一根地投进大灶膛里，红红的火苗，气势汹汹，呼呼上蹿，一会儿，就蒸汽腾腾，烧开了锅。

一根根干柴，劈劈啪啪的烈火，氤氤氲氲的米香。

正得意间，突然一股焦煳味随着袅袅娜娜的蒸汽，挤出笼锅，飘向窗外，飞满了整个校园。

"退柴火，退柴火！加水，加水！"

"火太旺了，锅烧干了，米煳了！"

这下子，全校教生都知道中午要吃焦香的煳锅米饭了。

接下来的几天里，李守义和他的伙伴们，每天早上四点半起床，开炉点火，做饭，直到陈师傅病愈回到岗位。

李守义实诚，勤快，热情。学校工作科目繁多，突然哪一天、哪个环节出现了紧急空缺，校长只要一找他，接手就干。他站讲台当教师，管理少先队、共青团工作，还干后勤、采买，什么岗位都做过。慢慢地，他成了校长开展工作须臾也离不开的左膀右臂。

1961年，"三年自然灾害"，家在农村的七位教师都下放回乡劳动了，学校考虑再三独独留下他一个。

李守义语录

　　人生不能设计，只要努力坚持，就会创造美好。

　　一个月 32 元工资，他不声不响拿出一部分，资助正上中专的初中同学，直到完成三年学业。

　　七个红红的苹果，他一个也舍不得吃。一个个送给他喜欢的女同事。

　　干什么事，李守义都不惜力，不甘人后。

　　秋季开学了，学校要加盖新房。他上完课，放下书本，就跑去义务劳动。运砖的大卡车来了，他抢先爬上高高的砖垛往下卸。剩车尾最后一层了，他满脸汗水地从车厢里跳下来，让气喘吁吁的同事轻松地扶着平板车，自己接着往板车上装。

　　"扑扑通通"，接二连三几块砖从大卡车上掉下来，砸在李守义的左脚面上。

　　"哎呦"一声，他惊叫着，疼得龇牙咧嘴，好在穿着裹脚面的布鞋，没有破皮，又若无其事地继续装卸。

　　晚上，他左脚面烙饼一样发烧疼痛。

第二天早上，左脚红肿得像发面馒头，走起路来不敢用力。可他不吭不响，脚步轻轻，继续上课。

一个星期后的早晨，他左脚疼得实在不敢沾地，更不能走路了。送进医院检查是丹毒感染，蚯蚓一样的红色血脉突突兀兀，从左脚面沿着小腿肚火气十足地往上蹿。

医生说："若是蹿到大腿根，进入心脏，就是要命的坏事。"

"娘早早地就死了，永远的没有了，我必须好好地活着。"近20岁的李守义已经深切地感受到死的无情和恐怖，他格外珍惜生命。医生为他做了手术，脚面被挖出一个深深的大洞，他强忍着疼痛。

住院期间，初中同学郭维信很想来看望他。

"带什么礼物呢？"

郭维信家里姊妹多，生活拮据，寻思半天，也没有什么合心意的好东西能带给病床上的好朋友。他央求父亲帮忙，在农场工作的父亲带回家七个又红又大的苹果。

郭维信和李守义一样，都是穷人家的孩子，学习很好。初中毕业，郭维信考上了中专，但每月的学习费用还是困难。恰好，他一开学，李守义就上班了，每月领32元工资，还经常救济他，直到毕业。

红红的苹果放在李守义的病床头。香甜的味道，像摇曳的火苗，撩拨着冉冉的思念。他欢喜地看着，轻轻地触摸一下，却一个也舍不得吃。

出院后，他先挑出那个圆圆的、红红的、最好看的大苹果，悄悄送给一个自己暗恋好久的漂亮女同事。可是，明摆着和她差距太大了，他只能爱在心里口难开。

女孩是地地道道的老北京，城里人，不乏追求者。前几天，还听人说正给她介绍在北京市某局当科长的男朋友，男方家庭条件也很好。而自己呢，穷穷的，乡巴佬一个。

那时，听别人说着，李守义心里酸酸的。

这时，看女孩开心地吃着大苹果，他心里甜甜的。

下班了，女孩还在忙工作。李守义就静静地坐在自己的办公桌前，悄悄地陪着，耐心地等着。两人都没事了，他就找机会接近女孩，一块儿聊天，一起散步。其实，女孩也一直悄悄地喜欢着李守义。

有人慢慢看出苗头，悄悄地提醒女孩说："李守义从小没娘，家里穷得只有几间茅草房，那可不是城里姑娘要嫁的家庭。"

女孩却十分冷静地认为李守义实在、勤快，不抽烟，不喝酒，是个值得托付终身的好男人。

最终，这对两情相悦的年轻人没有被纷杂的世俗困扰，自由地恋爱了。1960年，两颗相爱的心，组合成了一个幸福的小家庭。

这个善良的女孩，就是和李守义相濡以沫一生的知心爱人王秀珍。

梦断焦化厂

孩子多，工资低，哪里养活得了一大家老小？面对企业高薪和美好前程的诱惑，他动摇了。

可是，当他披星戴月，在学校和职工大学之间穿梭两年，拿到毕业证时，令人羡慕的岗位早已另属他人。

李守义家的四个孩子相继出生了，奶奶、父亲年岁也大了，夫妇俩每月微薄的工资实在支撑不了一大家老小的生活。

北京市焦化厂是国内有名的样板企业，规模大，效益好，工资高，想进去的人挤破头，踢断门槛。

"我要改行挣高工资！"焦化厂领导看中了李守义的德行才干，想调他到干部科工作。可是，他只是初中毕业，而焦化厂要求最低学历是高中。

而此时，30岁的李守义靠实力已经担任沙板庄中心小学校长，在同龄人中相当出色。但面对企业高薪的诱惑，李守义立即到朝阳区新开办的职工大学报名，参加高中班学习。接连两年，每个礼拜天、节假日，他骑着一辆破旧的自行车，前面载着美好的梦想，后面驮着沉重的教学，风风火火，去读高中课程。

昼夜奔波，灯下煎熬。两年后，他终于拿到了高中毕业证书。第一时间，他兴冲冲地飞跑进焦化厂。可是，那个令人眼红的工作岗位——干部科长，早已被他人抢先坐稳。

李守义哭天抹泪，痛彻心扉，从焦化厂出来，恨不得一头撞到墙上。

梦断焦化厂，使李守义深切地感悟到，机遇对一个人的成长是多么重要。而一旦错失，无论你如何快步追赶，无论你如何精心弥补，终将是一场空对月的无缘想望。学历的偏低，知识的欠缺，必将为人生带来隐患，并成为迈向更高、更大舞台的束缚。

不久，朝阳区教委推荐他上职工大学，接着拿大专、本科文凭，但因为身体欠佳，他只好放弃。其实，多年的工作使他认识到学历、书本知识固然重要，但理论结合实际，在实践中学习，从实践中摸索出来的方法，锻炼出来的能力，更加实用有效。

后来，朝阳区委教育部领导私下和他商量，想调他到朝阳区教委担任副主任，他又拒绝了。

他坦诚地说："我一个业余的高中毕业生，胸中没有那么大的格局、能力，担当不起来那么大的重任，不能徒有虚名，贻误了教书育人这一千秋大业。"

再后来，朝阳区教委又想提拔他到区教师进修学校任校长，一上任就是正处级干部。他一听，更是连连摇头："不行，不行，那里是专家、学者型人才汇聚之地，我草根一个，业务水平低，教研能力差，外行不能领导内行。"

一次次，掷地有声的话语，朴朴实实的道理。

一个比一个大，一个比一个有实权的官，李守义硬是不当！

"那你想干什么？"

"还是让我守着老本行，当我的小学校长，学区书记，'孩子王'吧。"

"守着老本行，当小学校长，'孩子王'？"

众人哂笑，百思不解。

而此时，李守义却清楚地感觉到，不知从哪一天起，自己已经深深爱上了教育，爱上了"孩子王"这个幸福而美妙的角色。

李守义对上级领导也对自己说："生命已经来不得更多折腾，切忌好高骛远。我要立足现实，脚踏实地，把当下的小学教育工作引领好！"

从变幻莫测的人生经验中，李守义也慢慢体会到，人生的轨迹不是每个人都能设计的，但只要努力，也会创造美好！而这一切的感悟与收获，已经消磨掉了李守义全部的青春，人生的大半时光。

蓦然回首，李守义将近不惑之年。

第三章

青青杨柳风

1978年底，李守义调任朝阳区垂杨柳学区总支书记、校长。

垂杨柳学区？那是一个新组建的学区，当年各项工作在区里都榜上无名！

迎头的，更是一盆冷水：学区当年1100多名小学毕业生中，156名考试不及格，不能上中学，成为全区倒数第一！

耻辱，如何抹去？

包袱，如何甩掉？

一个个难题，硬生生地摆在李守义面前，他在谋划着崭新的教育事业。

李守义很喜欢鲁迅先生的名言："其实地上本没有路，走的人多了，也便成了路。"口诵心维，迁善改过，李守义形成了自己的人生信条："其实地上本没有路，自己走多了，也便成了路。"

"其实地上本没有路，自己走多了，也便成了路。"

这句朴实的话语成为鲜明的精神旗帜，鼓舞着、引领着李守义，在教育教学之路上不懈探索，奋勇向前。

在"应试教育"向"素质教育"急迫而又艰巨的转型发展中，他直面我国教育系统的顽症痼疾，大刀阔斧，先行先试，向"片面追求分数、升学率"的"应试教育"宣战，在教育领域实行教法、学法、考法、留法、评法"五法改革"；另一方面，向"进得来出不去"的"铁饭碗"开炮，一举打破"干多干少一个样"的"大锅饭"，在朝阳区，乃至北京市，率先实行"三二一"聘任制、"ABC"职级制、"百名骨干"评定制、名师制、奖励制等一系列教育连环新机制，强势推进教书育人的"素质教育"。

几年中，解聘、清退各类人员200余人。名师待遇比普通教师高出1400~2000元。

面对资金困境，李守义更是不等不靠，冒着风险，屡屡下海，屡屡化险为夷。

在20世纪90年代末，这样大的评聘、奖励力度，可谓史无前例，主管领导都要承担很大的风险！

一系列大力度创新，大风险改革，把准脉搏，点中穴位，对症下药，激活了教育队伍，激发出教师潜能，激励出教学热情，在垂杨柳学区一批批优秀教育教学人才蝶变而出，破土丛生。

一步步，垂杨柳学区从落后走向先进，从暗淡的角落迈上辉煌的舞台，实现了"冲出学区，走向区市，跻身全国"的目标，成为朝阳区乃至北京市实施"素质教育"的典范学校，成为全国减负工作的典型。

也正是这非同一般的痴痴热爱，骨子里涌动的汩汩激情，使李守义爆发出勃勃活力，迸发出灼灼智慧，在垂杨柳学区24年学区总支书记、校长岗位上，吹起了一股股新风，写下了一个个惊叹号！

寻找突破口

新的岗位上，面对重重困局，如何寻找突破口，以点带面拉动全局向前？李守义思索着。

看着体育场上一个个跃跃欲试的孩子，他豁然开朗。任何成功都不会轻易得来，要有不服输、不认命的拼搏精神。

垂杨柳，一个充满青春活力的地方。

1978 年 10 月，告别沙板庄中心小学，李守义被组织提拔为垂杨柳学区总支书记、校长。

陈设一新的办公室，亮堂堂的。李守义的心情却雾蒙蒙的、沉甸甸的。

垂杨柳学区是一个新建学区，在朝阳区教委的各项工作排名中，总是倒数的第一。迎头的，还有一盆冷水，全学区 1100 多名小学毕业生中，156 名因考试不及格，不能上中学。

这真是一个无人愿意插手的烂摊子，一个无人敢啃的硬骨头啊。

新的岗位上，面对重重困局，如何抹去耻辱？如何甩掉包袱？

如何在千头万绪中寻找到突破口，以点带面拉动全局向前？连日来，李守义沉思其中。

李守义站在窗前，眉头紧锁，难展笑颜。

操场上，体育老师正引导着一群孩子学习三步上篮。李守义也是篮球爱好者。他知道，球场上的迂回，厮杀，奔跑，争夺，不仅仅是为了一场输赢，更是在演绎一种永不放弃的体育精神，充分享受一场场自我挑战，最终实现生命的自我挖潜。

"看，这群可爱的孩子们，高高低低，胖胖瘦瘦，接球后，一次次跨步，蹬地，腾空，上抛。"

"唉，看这个瘦小的男孩，抛出去的球，篮板都没有碰到，可他不气馁呢，抱着球屡屡腾空。"

"好！一个利落的腾空，投篮，球终于碰到了篮板，弹入筐内！"

再看老师，汗水湿透了衣衫，仍不肯放弃每一个跃跃欲试的孩子，一次次手脚并用地耐心指导着、演练着。

"对！就以体育为突破口！"

任何成功都不会轻而易举得来，凡事就要有这样一股不服输、不认命的拼搏精神；只要浑身上下流淌着这种拼搏精神，还有什么困难不可以挑战？还有什么耻辱不可以洗刷？

看着一个个生龙活虎的孩子，李守义豁然开朗。

很快，李守义召开全学区小学校长会议，提出"面对落后不甘心，努力工作争上进"的口号，并决定以体育为突破口。

第一时间，他走进各个学校，了解学区体育教育现状，打探体育老师教学水平。

一星期后，从垂杨柳学区14所小学中抽调出7名优秀体育教师，选拔出 40 多名体育特长生，开办体育尖子班，集中训练，专项指导。而且，体育尖子班就设置在垂杨柳中心小学，李守义办公所在地。

一场体育先锋战、突击战，在青青杨柳的舞动中，在李守义的眼皮底下，在老师们的指导下，在孩子们的苦练中，悄然展开。

春秋冬夏，日日锻炼不止。

师生男女，天天汗水满身。

俗话说："冬练三九，夏练三伏"。对于运动员来说，酷热的三伏天也是一年中最难熬的时刻。酷暑中，师生们常常挥汗如雨。

"跑起来，别偷懒，把全身的肌肉都调动起来！"金秀英老师敞开嗓门，洪亮的声音令学生紧张而振奋。训练时，她板着面孔，十分严肃，而在课下，她又是运动员们的知心大姐。

"训练很累，但不觉得苦，唯有一点就是把我白净的皮肤晒黑了，原来的同学都说我像非洲人。"小女生刘丽悄悄地告诉她。

"宝贝，白脸夺不来冠军呀！"金老师摸着刘丽黑黝黝的小脸，亲热地说。

苦练三伏天，流汗论斤算。

李守义看在眼里，感动在心上，一次次为师生们送去绿豆汤和毛巾。

俗话说，三年磨一剑。李守义只争朝夕，一心筑梦。

1981 年，朝阳区春季运动会上，杀出了一匹黑马，那就是垂杨柳学区。

团体总分第一名！并且，长跑、短跑、标枪、手榴弹、跳高、跳远、铅球……各个项目单项成绩均位列前茅！

这匹横空出世的黑马，震惊了朝阳区教育界。

之后，垂杨柳学区体育长盛不衰。22年中，16次夺得朝阳区第一名，总体保持在前两名。

体育一举突破，振奋着垂杨柳学区每一个师生，更鼓舞出一团士气。

趁热打铁，以点拉动全局。李守义向全学区师生发出"要用体育人的拼搏精神，甩掉落后，迈向先进！"的号召，提出"冲出学区，走向区市，跻身全国"的宏大目标。他亲自组织召开"毕业班质量提升"干部教师动员大会，提出"逐年提升及格率"，一步一个脚印，一年上一个台阶，用三到五年的时间，彻底消灭不及格，争取进入朝阳区前三名。唯恐老师们还不明白，李守义形象地说："就是从今天、从今年开始努力，力争明年渡过黄河，后年跨越长江，第三年打到珠江！"

围绕目标，他把最有教学经验、最有责任心的教师集中布局在毕业班；请朝阳区教育教学专家走进课堂，把脉问诊，提升教师教学水平；同时，他更多关心教师们的生活，多奖励补助出成绩者。

不懈地耕耘，弱苗，强壮了；壮苗，更高大了。

1980年，全学区1000多名小学毕业生中，不及格减少到不足百人；

1981年，减少到不足60人；

1982年，减少到不足20人；

1983年，不及格彻底消灭了！

"毕业班质量提升"五年计划，提前两年实现！

同一旗帜下，学区内各个学校、各个学科也都在自加压力，默默奋进。

惊喜，在默默奋进中，呱呱诞生。

1984年夏，朝阳区六年级毕业考试中，垂杨柳学区语文、数学平均成绩进入前三名。31年过去了，李守义至今还清清楚楚地记得，垂杨柳三小樊玉婷老师所带的班级获全区数学第一名。到1986年，垂杨柳学区各学科教学成绩均进入朝阳区第一梯队，党政工团队等各项工作，均在朝阳区光荣榜上有名。

目标，在踏踏实实地苦干中，一一实现了。

此后，李守义又瞄准"冲出学区，走向区市，跻身全国"的宏大目标，引领干部教师向北京市、全国教育先进行列迈进。经过24年的努力，到李守义2002年退休时，进入北京市先进行列的成绩达到98项，进入全国的达到32项。特别是，教师凌爱宜被推选为全国人大代表，形成了"北有马新兰（全国党代会代表）、南有凌爱宜（全国人大代表）"，让垂杨柳人感到无比自豪。

天道酬勤，付出必有回报。

24年间，李守义在垂杨柳学区创造了20个区级"第一"：

◎第一个提出"面对落后不甘心，努力工作争上进"，"冲出学区，走向区市，跻身全国"的努力目标；

◎第一个提出进行资源整合，实施创收，先后出租三所学校，使垂杨柳学区成为朝阳区的"首富"；

◎第一个提出学区出场地，工厂出资金，联手建学校，盖宿舍，先后解决近110户教师住房难；

◎第一个提出建立学区幼儿园，解决老师子女入托难；

◎第一个提出与北京市重点中学联手解决教师子女入重点中学难，直到2002年退休，所有教师孩子都能进入重点中学；

◎第一个用资源整合的创收资金，为全学区14所学校400余间教室和200余间办公室安装了吊扇、电扇，改善了师生的工作、学习条件；

◎第一个提出通过各种形式，用创收资金补贴教师，解决教师福利待遇低问题；

◎第一个在国庆五十周年之际评选出"五十之佳"教职工，拿出100万元对教职工进行奖励慰问，让在职与离退休教师高高兴兴过了一个教师节；

◎第一个进行小区域推进"素质教育"，并被评为朝阳区唯一一所素质教育示范学区；

◎第一个在全国减负工作会上介绍减负经验，成为唯一的一个基层单位；

◎第一个建立社区假日小队，团中央召开现场会专门介绍经验；

◎第一个鼓励支持学区内各校以特色教育为载体，打造学校特色文化，助推学校内涵发展，并带领垂杨柳学区的艺术教育、电化教育、劳动教育等先后走进全市乃至全国先进行列；

◎第一个实现了21年体育成绩长盛不衰，成为体育标杆学区；

◎第一个实行"三二一"聘任制，ABC职级制，名师制三项教育体制改革，既确保了不出问题，又取得了较好的激励成效；

◎第一个成立学区督导站，后被朝阳区教委推广，拉动全区督导网络的建立；

◎第一个成为朝阳区学区人事工作免检单位；

◎第一个对离退休老教师工作提出并实施"双向理解，双向关心，双向服务"两支队伍一起带的理念，成为朝阳区、北京市退离休工作先进单位，受到上海考察团的高度认可；

◎第一个实现了朝阳区教研员连续 24 年走进垂杨柳学区，全程紧跟打造优秀教师、优势学科，使垂杨柳学区的市区级骨干教师、优势学科一直保持在朝阳区领先状态，撑起了垂杨柳的蓝天。这也使李守义深切地感悟到，没有教研室，没有教研员，就没有垂杨柳学区的发展；

◎李守义在垂杨柳学区任职 24 年，创造了在一个地方任职时间最长的历史纪录；

◎垂杨柳学区的办学成绩，得到了朝阳区当时主管教育工作的关三多区长首肯，称垂杨柳是"出成绩、出经验、出人才"的地方。

不眠之夜

他把体育功臣们邀请到和平村二小食堂，两桌家常菜，几桶啤酒，热热闹闹，庆贺了一番。

老师们进入甜美的梦乡了。他却一夜难眠，作为学区领路人，他在为没有自由支配的发展资金着急发愁。

垂杨柳学区办学史上的第一次重大收获和突破，体育老师们立下了汗马功劳。李守义决定好好奖励一下开路先锋们。奖励什么呢？却又十分为难。

他去财务上询问过，上级拨付的经费专款专用，根本没有多余的钱可以自由支配。是啊，每年朝阳区教委拨付给垂杨柳学区7000元办公经费，14所学校每校折合500元，很是紧张。可是，老师们流了那么多汗水，取得了这么好的成绩，李守义真是不想只是口头上表彰一下，他想给他们发一件纪念品，却没有钱。

最后，他只好把7名功臣、其他体育教师和主抓体育工作的学区领导等十几人，邀请到学区下属的和平村二小大食堂，买来几大桶啤酒，请学校的厨师做了满满两大桌，花生豆、拍黄瓜、拌粉丝、醋熘豆芽、炸鱼块、回锅肉等家常菜，教师们满怀激动，大碗喝酒，大口吃肉，热热闹闹，庆贺了一番。

回到家里，李守义却忧心忡忡，一夜难眠。作为学区领路人，他在为没有自由支配的发展资金着急发愁。

教学质量是立校之本，是学校发展的生命线。

他知道，一所学校要想全面提高教学质量，必须激发起所有教职员工的工作热情。体育，终于打响了垂杨柳学区的第一个漂亮仗。接下来，我们的毕业班也要告别不及格，我们的语文、数学、德智体美劳等各学科都要告别落后，冲向朝阳区前列，进入前三名，我们还要"冲出学区，走向区市，跻身全国"。

现状的改变，成绩的取得，需要全校师生的共同努力，需要团队合作。而绩效考核是激发团队建设的"发动机"，是决定学校发展的核心命脉。

李守义还在想：我作为学区工作的领航者，要把教学一步步领上一个新高地，不能只给教师们压担子，不能只给口头上的鼓励，精神上的奖励，要靠绩效考核和奖励机制，满足教师多劳多得的心理需求，以此真正激发起教师工作的积极性。同时，还要营造出一个富有人情味的环境，解决好工作、生活中的各种困难，使教职工们安居乐业，全心全意致力于教研和教学。

可是，没有钱，这一切都是空话，都是纸上谈兵！要想做好教育，就必须做足、做强资金这篇基础性大文章。

而钱，又从哪里来？要，要不来；等，学区向前发展更等不得。

只能靠自己立即去挣！

李守义想起朝阳区教委下属的粉笔厂，练习本印刷厂。可是，那些行当已经有不少单位和个人干着，我们现在再挤进去，为时已晚。况且，可供货的学校也是一个个清贫单位，不会产生多大利润。

要干就干与众不同的行业，有大市场、大利润的行业。

漫漫长夜，李守义绞尽脑汁，思索着、谋算着。

被告

很快,校办家具厂办起来,桌子、椅子、柜子进了众家客户。可是,几年下来,一算账,根本没挣到多少钱。

业务扩大了,生意还没做成一笔,178万元巨款却不翼而飞。购货方死死抓住李守义这根最后的救命稻草。

李守义决定下海经商,额外创收,以厂补学,为清贫的教育输入新鲜的血液。

1980年夏,校办家具厂办起来了。轻巧的椅子,方方的桌子,高高的柜子,进了一家又一户,学区小有收入。

叮叮当当五六年,细细一算账,李守义又高兴不起来了。"螺蛳壳里"做不出"大道场"。如果不是使用自己的场地,省下了场地租赁费,几乎等于不挣钱,远远跟不上学区教学快速发展的需求。

李守义绞尽脑汁,想着如何快挣钱、挣大钱。

20世纪80年代初,改革开放势头强劲,全国上下正在掀起一股建设高潮,物资流通更是活跃而又紧张。李守义乘势而上,扩大校办工厂业务，作为中间商购销木材、钢材等市场紧俏物资。为此，他专门聘请擅长物资流通的李某担任业务总经理。

很快，就接到了一笔大订单，天津一家企业要购买一批价值178万元的钢材。李守义暗暗高兴，如果这一笔大生意做成功了，利润能超过原来只做家具的那几年。

物资紧张，李经理要求款到供货。天津方很快将178万元货款一次性汇到北京来。

一星期后，天津来电话问讯，李经理说刚开始调货。

半月后催，正在调货。

一个月后，迫不及待的天津方又催货，李经理安抚对方说，再安心等待半个月，马上就好。

天津方安心等待了半个月，还不见一根钢材。

天津，不停地催……

北京，一直说货源紧，正在加紧凑，马上就好……

这期间，李守义也不断地询问着、催促着，李经理一副急火火的样子，告诉他国内整个市场货源都十分紧张，正在通过熟人朋友想方设法加快调配。

两个月过去了。天津方实在等不及，进京催货来了。

找到李经理办公室，"天啊，门锁着！"

站在门外打电话，刺耳的铃声，在屋里惊心动魄地喊叫着，李经理的人影也没有出现。

天津方一下子慌了神，急急忙忙，找到李守义办公室。

李守义一听，赶紧打电话过去，果然一直无人接听。

他一下子也心慌了，赶紧到李经理办公室，果真铁将军阴沉着脸把守大门，电话静静地躺在桌上睡大觉。

他又赶紧跑到李经理家询问，家里人也惊惊咋咋地说，多天都没见到他人影了。

李守义一听更加惊慌，立即到银行查看汇款。

天啊，哪里还有一分钱！早在一个月前，178万元货款就已经一分不剩地取走。

"携款逃窜，且早有预谋！"天津方和李守义突然惊醒了。

178万元，在20世纪80年代中期，绝不是一个小数目。天津方抓住李守义这根最后的救命稻草，死死不放。而李守义作为校办企业的法人代表，也必须负责。

李守义如热锅上的蚂蚁，心急火燎地发动人员，一一询问和李经理有过联络的人和单位，半月过后，李经理何去何从，仍没有一丝线索。

财物两空的天津方，立即把李守义起诉到崇文区法院。很快，李守义就被法院传去问讯。

把校办工厂的原料、成品、半成品都卖了，也凑不出178万元。

无奈，李守义也只好立即到崇文区公安局报案，以期警方立案调查，早早找到李经理，追回货款，返还天津方。

被天津的索款人天天跟踪着、催逼着，也被良心天天催逼着，李守义头昏脑胀，三天两头到刑侦大队打探消息。得到的反馈是，干警不间断地蹲点访查，却没有收获。

愁云压头，一直患有胃病的李守义，又开始失眠起来。常常，不到后半夜，睡不着觉，稍稍安稳地睡一会儿，又惊醒来。

漫漫追款路，两年无音讯。

眼看过年了，十里长安，冷风飕飕，人影寥落。李守义和天津来人又一次失望而归。

两人正心事沉沉地走着，天津来人突然住脚，一把抓住李守义的手，央求道："李校长，我们都是受害人，也都真下工夫追款了，说实在的，北京天津来来去去，我们真是跑不起了，你看这样行不行，178万，我们也不要了，过年了，您今天给我们2万元现金，这笔款从此一笔勾销。"

"兄弟，我李守义就是砸锅卖铁也给你这2万元钱。"李守义一听，哽咽着说。

……

初次下海，李守义就被毒蛇狠狠地咬了一口，至今隐痛在心。178万元，三十多年了，至今下落不明。曾经熟识的李经理，真像从人间蒸发了一般。

素质教育永远在路上

教育的根本，在于激发和培养国民的全面素质。

20世纪80年代以来，党和国家把提高民族素质，作为教育改革的根本任务突出地提了出来。

1985年5月，《中共中央关于教育体制改革的决定》指出："教育体制改革的根本目的是提高民族素质，多出人才，出好人才。"

1986年4月，《中华人民共和国义务教育法》规定："义务教育必须贯彻国家的教育方针，努力提高教育质量，使儿童、少年在品德、智力、体质等方面全面发展，为提高全民族的素质，为培养有理想、有道德、有文化、有纪律的社会主义建设人才奠定基础。"

1993年，中共中央、国务院印发的《中国教育改革和发展纲要》进一步明确："中小学要由'应试教育'转向全面提高国民素质的轨道，面向全体学生，全面提高学生的思想道德、文化科学、劳动技能和身体心理素质，促进学生生动活泼地发展。"

1994年8月，时任国务院副总理李岚清主持召开"减轻中小学生过重课业负担，全面提高教育质量"座谈会。李岚清强调：要在全社会树立正确的人才观和教育质量观，减轻中小学生过重课业负担，要逐步实现由"应试教育"、"英才教育"到"素质教育"的转变。

至此，姗姗而来的"素质教育"，被正式提上教育日程，并成为我国教育改革的主题，关注的焦点，实践的重点。

2006年，"素质教育"被正式写入《中华人民共和国义务教育法》。《义务教育法》总则第三条明确指出："义务教育必须贯彻国家的教育方针，实施素质教育，提高教育质量，使适龄儿童、少年在品德、智力、体质等方面全面发展，为培养有理想、有道德、有文化、有纪律的社会主义建设者和接班人奠定基础。"

2010 年，我国颁布的《国家中长期教育改革和发展规划纲要(2010~2020 年)》提出的战略主题是："坚持以人为本、推进素质教育是教育改革发展的战略主题，是贯彻党的教育方针的时代要求，核心是解决好培养什么人、怎样培养人的重大问题，重点是面向全体学生、促进学生全面发展，着力提高学生服务国家人民的社会责任感、勇于探索的创新精神和善于解决问题的实践能力。"

可见，全面实施"素质教育"是我国迎接 21 世纪挑战，提高国民素质，培养跨世纪人才的战略举措，是时代的呼唤，更是科技挑战、教育改革、社会发展、国际竞争的迫切需要。

"素质教育"，永远在路上。

那么，什么是"素质教育"？

又如何实现由"应试教育"、"英才教育"到"素质教育"的转变？进而开展好"素质教育"？

在"应试教育"长期主导的我国教育领域，还是一片空白，没有现成的模式，没有成熟的套路，需要长期的摸索和实践，更需要一批批教育改革的闯将。

挺进素质教育

闯将之风，勇者之范，先行先试，力做探路者。

"七大会议"如同时代的战鼓，一声声敲响在800多名干部教师的心房，在思想和行动中，同振共鸣，齐飞共舞。

在中国这座"应试教育"的崇山峻岭上，"素质教育"既无成熟的路子，又无现成的模式。如何由传统的"应试教育"向崭新的"素质教育"转变？需要大批无畏的闯将，与时俱进，披荆斩棘，开山辟路。

"其实地上本没有路，自己走多了，也便成了路。"李守义素以探索为教育发展的不竭动力，具备闯将之风，勇者之范。

面对"素质教育"这一既关系到我们到底要培养什么样的人才，又关系到国家前途命运的时代新课题，李守义更是不观望、不等待、不埋怨，果敢地拿出闯将之风，勇者之范，先行先试，力做探路者。

没有目标，就没有方向。没有标准，就无法衡量。那么，"素质教育"的目标是什么？标准又在哪里？

集体出智慧。

1995 年 4 月，李守义召开垂杨柳学区第一次全体干部教师大会，集体会诊"应试教育"这一痼疾的弊端，给"素质教育"开良方，定目标。短短两个月后，出台了垂杨柳学区详细的"素质教育"先进学校、先进教研组和先进个人评价标准。新目标、新标准出台，扭转着过去的教学方向和方法，成了干部教师的新追求，从而翻开了垂杨柳学区实施"素质教育"的第一篇章。

如何避免纸上谈兵，保证新目标的落实，促进新标准的完善？

1996 年 9 月，李守义在怀柔召开垂杨柳学区校长专题研究会，成立垂杨柳学区督学组，进一步详化、出台对各项工作和各类人员的评价标准，加大对"素质教育"实施的督导与评估。同时，决定每年评选一次"素质教育"先进学校、先进教研组和先进个人，并进行大张旗鼓地学习表彰。

李守义常说，教育，只有逗号，没有句号。

在不断地实践中探索，在不停地探索中完善；在不断地完善中深入，在不停地深入中创新。如此循环上升，方能渐进佳境。

1998 年 10 月，以"抓好课堂教学主渠道，深入推进素质教育"为主题，召开垂杨柳学区第一次全体干部大会，要求在教学中引导和督促教师把课堂作为实施"素质教育"的主渠道、主战场。

1999 年 3 月，以"优化教育教学全过程，全面推进素质教育"为主题，召开垂杨柳学区第二次全体干部、教师大会，总结多年来"素质教育"探索和实施的经验，提升和优化教学全过程。

两次大会，不断总结完善"素质教育"的目标、要求和措施，向干部、教师们提出了具体而严格的"三四五六"要求：即"提高三个认识，加大四个投入，明确五个方向，做到六个走进"。

三个提高：提高对实施"素质教育"重要性的认识，提高对课堂教学与实施"素质教育"重要性的认识，提高领导与实施"素质教育"重要性的认识。

四个投入：投入时间，投入精力，投入思路，投入财力和物力。

五个方向：面向学生，面向教师，面向现代化，面向世界，面向未来。

六个走进：走进课堂，走进教研，走进教室，走进学生，走进家长，走进科研。

教育干部的言行，犹如教师教学的导航。

垂杨柳学区的800多名教师在学校干部的引领下，积极投入课堂教学改革，使"素质教育"全面走向课堂。

根据需要，李守义又组建了垂杨柳学区骨干教师进修研讨班，并请朝阳区教研室各科教研员走进各研讨班，定期开展骨干教师培训，以此提升、带动整个师资队伍。

从1997年新学期开始，李守义还一改过去开大会讲计划、做总结的传统习惯，由优秀教师为学区800多名教师做"素质教育"展示课，作为新学期动员第一课。1997年，1998年，1999年，40多节优质课大展示，不但向新学年展示出了教学改革成果，更展示出了努力前进的方向目标。

从1995年4月到1999年8月，"七大会议"如同七次进军"素质教育"的时代战鼓，一锤锤，一阵阵，一声声，密集而有力地敲响在垂杨柳学区800多名干部教师的心房，在思想上，在行动中，同振共鸣，齐飞共舞。

挑战『终身制』

　　实行全员岗位聘任制，挑战"终身制"，是垂杨柳学区向长期僵化的内部管理体制打响的第一枪。

　　几年中，垂杨柳学区先后共清理、转岗155人，不予聘任141名教师员工，在干部教师中引起了很大震动。

　　改革，势在必行。

　　关于学校内部管理体制改革的必要性，在李守义工作日志中，有一段深刻的论述：

　　要推进素质教育，必须坚持改革，要改革必须全方位进行。不仅要改革涉及教育教学领域的弊端，也要改革学校内部管理体制的弊端。不改革教育教学领域的弊端，素质教育就不能实施，学生就不能全面主动地发展；不改革学校内部管理体制的弊端，教师队伍得不到优化，结构得不到调整，素质水平得不到提高，素质教育就得不到保证。

　　管理出效益，已经成为共识。管理的滞后，必然制约素质教育的推进。

过去受计划经济体制的影响，在教育领域长期实行"大锅饭、铁饭碗、终身制、铁交椅"；"进得来，出不去"；"上得来，下不去"；"干多干少一个样，干好干坏一个样"。这种体制严重限制了人的主体作用，严重制约了人的积极性的发挥，严重影响了素质教育的推进。

随着社会人事制度和其他管理制度的改革，计划经济体制的最后一个堡垒——教育，也必须深化改革，目的就是要给学校注入活力，激活每一个人，使学校内部焕发生机，精干实效，人尽其才，物尽其用，构建起既符合教育规律又适应社会主义市场经济体制的现代化学校管理体制和运行机制。

为实现这一目标，从20世纪90年代初，垂杨柳学区就开始了探索，历经10余年，经反复研究实践，出台了垂杨柳学区关于学校内部管理体制改革的决定，初步形成了自己的运行机制。它的最大特点，就是打破了计划经济的管理模式，将市场经济的用人机制、竞争机制、分配机制，引入学校，引入干部，引入教师，使学校出现了勃勃生机。

实行全员岗位聘任制，挑战"终身制"，是垂杨柳学区向长期僵化的内部管理体制打响的第一枪。

从1995年开始，学区所属的干部、教职员工，在考核基础上，实行"三二一"聘任制。

何谓"三二一"？

就是对校长每三年聘任一次，副校长以下的干部每两年聘任一次，教职员工每一年聘任一次。满意度达不到要求的干部，就地免职，重新安排工作。不符合标准的教职员工，劝其自动离职，或转岗。

几年中，垂杨柳学区先后共清理、转岗 155 人，不予聘任 141 名教师员工，在干部教师中引起了很大震动。

岗位，关系到每一人的职业前途，甚至生活饭碗。这一机制，不但优化了教师结构，提高了队伍整体素质，激发了主体作用发挥，更使大家感到"终身制"的老传统已被打破，四平八稳的生存观念该改变了。

正如有教师说："以前我们认为学区所讲的改革只不过说说而已，没想到真的动真格了，看来不好好干连饭碗都保不住了。"

垂杨柳学区开素质教育改革先河，率先实施的"三二一"聘任制，走在了朝阳区，乃至北京市最前列。

一位北京师范大学毕业的年轻教师，被分配到垂杨柳的一所小学后，觉得自己大材小用，心存不平。工作中，更是无视学校组织纪律，自由散漫，难以为人师表。领导多次找他谈话，仍不改正。

在第一轮改革中，他就落聘了。

他气哼哼地找到李守义办公室。李守义倒杯水，送到他手上，安慰他先消消气，再慢慢说。

"聘与不聘，不是学校简单决定的，是综合考评的结果，再给你一次公开自我总结述职的机会，让学区教代会公开决定。"半个多小时的倾诉中，李守义一直认真地听着，并真诚地给他提供第二次聘任机会。

三天后的教代会上，他拼尽全力，再次公开述职。

当场举手表决的结果，仍是一致不予聘任。

此时，面对一双双审视的目光，他盲目的自信消失了，羞愧地低下了傲慢的头颅，流下了悔恨的泪水。

最终，他被除名，静静地办理了离开手续。

在实施聘任制几年中，垂杨柳学区先后共清理、转岗解聘近300余人。这不是个小数目，也不仅仅是一个简单的数字综合。

每一个未聘人员背后，都存在着复杂的现实因素。这部分人处理不好，不仅关系到聘任制的实施，也关系到学校和社会的稳定。稍有不慎，后果难以设想。但在垂杨柳学区没有发生一起安全事故，更没有一个违反政策。

大刀阔斧的改革创新，为何如此稳妥？

李守义说，这归结于紧紧抓住"三个依据"，实行"三个说话"。

依据考核标准说话。依据考核标准处理未聘人员，是我们几年来坚持的一贯原则。对教师实施认真考核不仅是评价教师、激励教师的一种重要手段，而且也是处理未聘人员的重要依据和标准。因此，处理未聘人员要有过硬的材料，决不能掺杂人为因素、感情因素，唯一的标准就是用考核标准说话，合格就用，不合格就处理。

依据制度说话。为保证聘任制的顺利实施，保证未聘人员能接受处理，几年来，学区不仅有明确的考核要求，还有明确的制度要求。如"十个不出问题"，"六个一票否决制"，在教代会上通过，全体教师大会上公布，人人皆知。因此，有人违反了其中一条，被处理时本人无话可说。

依据教代会决定说话。凡是对未聘人员的处理，都要经过教代会讨论通过。因此，有很大的权威性。

打破『铁饭碗』

教师评出 A、B、C 三个职级，工资重组为"档案工资＋职级工资＋奖金"，"干多干少一个样"的"铁饭碗"也被打破了。

有教师说，在垂杨柳学区工作太累，但发自内心还想努力。因为有奔头、有前途。

众所周知，凡是有人群的地方，即便在同一个行业，不仅劳动数量有差异，劳动质量也有差异。因此，分配也应该体现出差异。因此说，差异分配既是对个体实际劳动的尊重，又有利于激发人的进取潜能。

实行聘任制时，李守义就同时思索着如何打破"能上不能下"的职称评定"终身制"，结构工资的"平均制"，"干多干少一个样"的"铁饭碗"，凸显出差异分配，以教学成果、教研水平评档次，定待遇。

"ABC"职级制，对教师实际教学水平进行全面检测、评定，划定为 A、B、C 三级，然后，根据教师业务实际级别，实施分层教育、分层使用、分层奖励。教师工资重新组合为"档案工资＋职级工资＋奖金",每年评定一次,充分给予每一位教师晋级的机会。

"ABC",看似简简单单,但从大处讲,关系到每一位教师的职业尊严和存在价值;从小处说,体现着得多得少、吃肉还是喝粥的实际利益。它和利益、荣誉、人们的心理需要密切联系,极大地调动起干部教师学先进、赶先进、争先进的积极性。

"我要跳楼。"一位教师被评为 C 级,他直接给李守义打来恐吓电话。

"有什么想不开的,学区为你主持正义,我在办公室等你,来谈谈吧。"

像对待那位被解聘的教师一样,李守义认真地倾听着。

"再给你一次机会,回去好好准备,三天后重新述职,让评定委员会和教代会的人员再现场评定一次。"李守义当场表示。

随即,李守义要求各个学校再次审视评定结果,如有不满意者,可在三天后,再次述职,参与二次评定。

二次评定不掺杂任何杂音,绝对公开、公平、公正。个别老师有 C 级上升为 B 级,也有 B 级上升为 A 级,但绝大部分老师维持原等级。

那位想跳楼的教师仍维持原评定 C 级。调换学校任教后,他经过一年努力,升为 B 级。

很快,垂杨柳学区 14 所学校的 800 多名教师,全部顺利通过职级评定,成为北京市教育界首家,也是北京市唯一实行职级制的学区。

"三二一"聘任制，优化了教师结构；"ABC"职级制，激发起教研活力。垂杨柳学区形成了人人争当"素质教育"典范的教学氛围。

1999年6月，李守义又顺势而上，强劲地启动了垂杨柳学区的"百名骨干"教师认定。通过学校推荐、学区评定，认定出包括各个学科的100名学科骨干教师，浮动一级结构工资。同时，对进入朝阳区、北京市、国家教育部等三个级别的骨干教师，递进奖励，最高每月浮动200元。

快马加鞭，李守义还将100名骨干教师按学科分成六大教研组，请朝阳区教研室教研员走进组内，实行全年全程跟踪培训。

"百名骨干"评定和培训，为垂杨柳学区储备和打造了一批中青年骨干教师，成为学区教学一直走在朝阳区前列的中流砥柱。

配合"冲出学区，走向区市，跻身全国"的宏大目标，从1985年中国第一个教师节开始，垂杨柳学区加大对先进成绩的奖励面，提出"内评前六、外奖区市"，并在教师节隆重表彰、奖励。

"内评前六"，即每年在学区内部评选出各项工作的前六名，既作为评定好学校的基础，也是评定领导班子、干部的依据。评选、奖励前六名，尽管是学区内部的行为，但各学校领导和各方面工作负责人都非常重视，不甘落后，积极争取。这一机制不仅促进了学区各项工作的均衡发展，更是垂杨柳学区在朝阳区、北京市取得一定成绩的重要基础。

"外奖区市"，即每年利用教师节奖励大会，对"冲出学区，走向区市，跻身全国"的先进单位、先进成绩、先进个人给予表彰奖励。此举层面比"内奖前六"更高，声势更大，奖励更多，各校领导和教师更加重视。

在垂杨柳学区，从教育干部，到普通教师，再到后勤工作者，干好干坏真的不一样了。在各自的岗位上，不甘落后，努力提升，成为一种氛围。

有教师说，在垂杨柳学区工作太累，但发自内心的还想努力。因为有奔头、有前途。

逼上梁山

如果说"三二一"聘任制、ABC 职级制、"百名骨干"评定制、奖励制是适应素质教育的主动作为。

那么，"名师制"的实施，就是"逼上梁山"，就是"将军"。可他无奈之下的一步棋，却满盘皆活。

一天，和平村一小校长放到李守义桌上一封信。

李守义拆开一看，是学校的一位教师申请调离，想到北京市的一所重点学校。

他心疼起来，就像有人正握着一把寒光闪闪的刀，从他身上割下一块鲜血淋淋的肉。

"不行，我们辛辛苦苦培养出来的骨干教师，怎么可以说走就走？"

李守义清楚地记得这位教师，是自然学科标兵，是垂杨柳学区里的"百名骨干"之一。

前年，李守义陪同北京市教委的领导到和平村一小调研自然科学教学工作，交流中，这位教师说如果有一台高倍望远镜，学校的科技小组活动会更丰富多彩。

"一台要多少钱？"

"四五万。"

"四五万？好家伙！"

李守义心里一颤。

但转念一想，一部高倍望远镜眼下给孩子们探索大自然奥秘带来的无穷兴趣，甚至想到培养孩子们的兴趣对我国未来航空、航天等科技事业的长远意义，是绝对不能用现在花费金钱的多少来衡量的。

"下午就给你们学校拨付5万元专项用款。"李守义当即答应下来。

闻听，和平村一小师生震惊了。

"听说你对自然科学教学工作支持，没想到你支持的力度这么大！"北京市教委的领导也连连赞叹李守义的魄力和远见。

随后，垂杨柳学区还专门请来高级专家，指导和平村一小的科技兴趣小组，组织开展丰富多彩的天象观察，鼓励学校带领学生走出去，参加各种大型科技展示活动。和平村一小成为学区的自然科技特色学校，这位教师也一级一级地被推荐、评选为北京市骨干教师。

羽翼丰满了，谁不想飞得更高、更远？

同意这位教师调走，李守义真是舍不得；不同意吧，留住人，留不住心。李守义陷入痛苦地纠结中。

其实，李守义明白，对这位老师来说，走与留的根源无非就是教学环境和待遇高低的差异，垂杨柳学区的教学环境并不差，差就差在待遇低！

李守义更明白，这位骨干教师的思想波动只是一个先例。之后，在各种诱惑下，也一定会有别的骨干教师提出调离，想留下人，就要先留住心，就要从根本上想办法，高待遇配好教师，以更高的奖补，缩小与一流名校的收入差距！

李守义豁然开朗。

"人说走就走了，立即加大奖补，提高待遇！"

从1999年开始，李守义开始在学区800名教师中，按取得的教学教研成绩，经过自荐、推荐，评选出17位名师，分为特级、一级、二级、三级四个级别，并实行名师终身制。

学区给予名师每月的奖补待遇，更是让名师感动，让其他老师眼红：

特级名师，2000元／月；

一级名师，1800元／月；

二级名师，1600元／月；

三级名师，1400元／月；

学区名师的奖补待遇与普通教师相比，高出1400元至2000元，这样的奖励力度在20世纪90年代可谓空前，主管领导要承担很大的风险。

但为教育事业，李守义敢冒这样的风险，愿担这样的责任。

实施"名师制"，垂杨柳学区每年要拿出30万元奖补专款，规模和数额之大，同行中史无前例。教育界有人评论说：李守义评名师，是"逼上梁山"，是被"将军"的无奈之举。李守义以"名师制"这一长效机制来应对，更是亏了血本。

是啊，天涯何处无芳草，何必下这么大的本钱呢！

可是，李守义却认为非常值！

"好马配好鞍。人心不再散。"

帷幄运筹，一步走错，步步皆错。李守义是一步走对，满盘皆活。

好马配好鞍。人心不会散。

在教育的探索中，李守义像个勇猛的闯将，果敢的战士。

生活中，李守义却是一个富有情调的人，他爱阅读、音乐、舞蹈、垂钓。

1988年，朝阳区教委举行交谊舞大赛，以此提升教师身心素养，要求全员参与。垂杨柳学区工会主席通知下发后，各学校却迟迟不报名。她无奈地找到了李守义。

"李书记，各学校领导和老师都扭扭捏捏，看来您不带头学跳舞，我的工作就没法开展了。"

"好啊，我带头支持你。"原本没有音乐细胞的李守义，率先和女工会主席组成一对。很快，各校都组织起了舞队。

三个多月的集体训练，虽然李守义没少踩舞伴的双脚，还是学会了。高高大大的他，越跳越有舞动的自在感和美感，女教师都喜欢让他带着跳一曲。

最后，学区代表队在参赛中取得好成绩。虽然李守义并不在其中，但从此他喜欢上了高雅的音乐，曼妙的舞蹈。忙碌的工作间隙，他会组织教师飘入舞池，在婆娑的灯影里，浪漫的乐曲中，尽情放飞身心。

70多岁了，李守义兴味还在，时不时的，会喊着一帮老朋友，在美妙的乐曲中，翩翩起舞。

——采访手记

春满柳梢头

　　一个个素质教育新模式，耳目一新地涌现出来。垂杨柳学区被主管教育的关三多区长誉为"出成绩，出经验，出人才"的地方。

　　一个小小学区在素质教育的初始期，走在了区市前列，并在教育部减负会上作了经验汇报。来自全国各地的取经者，络绎不绝。

　　"三二一"聘任制、"ABC"职级制、"百名骨干"评定制、名师制、奖励制，每一种新机制，都如一股强劲的浪潮，在垂杨柳学区、在朝阳区，乃至北京市教育界掀起大波，激荡着传统陈旧的教育机制，弘扬起一股开拓创新的热潮。

　　一项项好机制的连环推进，使垂杨柳学区教育教学工作发生了质的飞跃。学区工作从有为管理走向无为管理，从人治管理走向氛围管理，一度成为朝阳区的先进典型，被朝阳区主管教育的关三多区长誉为"出成绩，出经验，出人才"的地方。

　　一个个教法、学法、考法、留法、评法等素质教育改革新模式，在干部教师的探讨和实践中，耳目一新地涌现出来了；一批批好课、好教师、好教学改革模式，形成了垂杨柳学区独有的风格。主体参与型教学模式，自助型学习教学模式，生生互助、师生互助教学模式，设置障碍教学模式，分层教学模式……使垂杨柳学区探索素质教育的好课，屡屡在朝阳区教委评选中，形式独树一帜，数目遥遥领先，受到北京市专家的认可。

1997年6月，朝阳区教委第一个"素质教育"现场会在垂杨柳学区召开，北京市教委专职委员来学区听取汇报。垂杨柳学区被朝阳区教委誉为独一无二的"素质教育示范区"。

1998年10月，北京市召开的"素质教育"工作总结会上，垂杨柳学区率先探索的一系列机制得到肯定表扬。《中国教育报》、北京电视台等媒体纷纷报道推介。

2000年1月7日，国家教育部召开"全国减轻学生过重负担电视电话会议"。会上，垂杨柳学区作为唯一的基层代表，系统介绍了实施"素质教育"五年来，通过深化改革，减轻过重课业负担，促进学生主动发展的先进经验。

之后，来自全国各地的取经者，络绎不绝。

垂杨柳，一个小小学区，在"素质教育"的初始阶段，凭着大胆地探索，深入地实践，走在了全国由传统的"应试教育"向崭新的"素质教育"转变的前列。

大海航行靠舵手。李守义功不可没！

20世纪八九十年代，我国教育界一直停留在"大锅饭""铁饭碗""终身制"的传统体制和思想观念里。大刀阔斧的改革，势必会关系到每个人的切身利益，势必会触痛一部分人的"软肋"，势必会触动特权独食者的"奶酪"，并由此引发不满、纷争，无谓的纠缠和无理的抵抗，甚至引发不安定因素和社会问题。

垂杨柳学区一系列改革创新成功的法宝，或者奥秘，是什么？

这里，笔者特意摘要李守义 2000 年初的"深化改革，建立优化教师队伍机制，全面推进素质教育"工作笔记，读者从中可管窥一豹。

第一，要敢于改革，敢于碰硬。

纵观中国的历史，横看现在社会各行各业的发展，没有一项不是在改革中产生的。旧中国变新中国，靠的是改革——革去的是旧制度；封闭式的旧中国变为开放式的新中国，靠的是改革——革去了僵化式的旧思想、旧观念；计划经济变为市场经济，靠的是改革——革去的是旧的计划经济体制；应试教育向素质教育转轨，也是改革——要革去各种束缚、僵化人心的体制弊端。

事实证明，人类要发展、社会要前进、事业要突破，都需要改革，改革是推动历史前进的动力，也是推动本单位工作的源泉。因此，在这改革的时代里，作为领导者，首先要有改革的胆识，面对教育的弊端不等待、不畏缩，要敢于改革，努力思索，主动研究，积极实践。

聘任制，作为学区的第一项改革，我们遇到了两个问题：第一是如何运用这一机制的问题，第二是如何妥善处理好未聘人员的问题，包括他们的各种思想、各种不满，甚至上告的问题。我们采取的态度是不回避，敢于接触，敢于碰硬。

对于未聘人员，我们敢于清退。对于在清退中未聘人员的各种问题、各种矛盾，我们敢于面对。

改革是旧事物向新事物的转变，也是人的位置、人的价值、人的利益的重新调整。对于因实行聘任制而离开岗位的各种人员，他们的牢骚、不满、闹事、告状是意料之中的事，改革力度越大，涉及人员越多，问题出现得会越多。你砸了谁的饭碗，谁能没有意见？对此，事前我们也有所考虑和顾虑，改革的大潮要求领导不能求稳怕事，要敢于碰硬。

在我们处理的各类人员中，有意见、有想法的不是少数，不签字的司空见惯，告状闹事的，恫吓的，时有发生，打到法院的也出现了。面对这些问题我们不回避、不惧怕、不退让，学区学校联手一个一个解决，一个一个处理，一次谈不成多次谈，一种形式不成换另一种；学校解决有困难的，学区出面。总之，一旦决定不聘的，不管工作多难做，不管做多少工作，也要坚决做到底，直到清退为止。

由于敢于碰硬，在所有不聘任人员中没有一个返聘，没有遗漏一个问题，最后全部清退出去，受到朝阳区教委的肯定。

第二，要善于改革，稳中求进。

在改革中，我们深深体会到，不仅要敢于改革，更要善于改革。

不敢于改革，事业就不能启动；不善于改革，启动后的改革也会因为各种失误影响效果，会闹出"乱子"，甚至中途"流产"。在实行聘任制过程中，我们坚持进中求稳，稳中求进。为此，我们要求学区上下要坚持"六性"，即原则性、程序性、公开性、教育性、鼓励性、稳定性。

有章可循，有条不紊地改革，不仅优化了队伍结构，而且保证了学区的稳定，为实现素质教育创造了一个安定的局面。

第四章

尽染一片天

没有钱，就没有教育。

从 1978 年到 2002 年 5 月，李守义对垂杨柳学区各个级别的教师实行浮动工资、奖励以及各种慰问补贴等，粗略估计七百万元之多。

对一个靠地方财政拨付工资及各种办公经费的社会事业单位来说，这笔庞大的额外支出，来自哪里？

李守义说："只有靠自己挣。"

鲁迅先生曾称赞说："第一个吃螃蟹的人是很令人佩服的，不是勇士谁敢去吃它呢？"是啊，螃蟹形状可怕，丑陋凶横，第一个吃螃蟹的人，确实需要勇气。

面对教育界一级抓一级，各种政策规定，谁敢打破常规？谁敢轻举妄动？谁又会是第一个吃螃蟹的人呢？

一心扑在教育上，心动就要行动的李守义，敢！

李守义频频成为朝阳区教育史上第一个吃螃蟹的人。

李守义带着初次下海被骗的沉痛创伤，冒着被撤职的风险，一脚踏牢教育这艘"航空母舰"，一脚踩实下海经商这架"战斗机"，屡屡穿云破雾，屡屡险遭厄运，又屡屡化险为夷，屡屡颇有收获，成为朝阳区教育界的首富。

有了钱，他开始——奖励、补贴教师，让教师们多劳多得，自豪起来。

有了钱，他用来——解决教师的住房难、子女入托难、上重点中学难、待遇低等"三难一低"问题，让教职工们安居乐业起来。

2002 年 5 月，李守义 60 岁了，从垂杨柳学区光荣退休。在他身后，不但留下了教育的一路辉煌，还留下了400多万元的内部结余资金，为他44年的公办教育事业画上了一个圆满的句号。

举目远望，诚如李守义者，恐不多矣！

李守义，这个自称为草根的小学校长，借助国家推进素质教育的"天时"，借助长期战斗垂杨柳学区的"地利"，借助垂杨柳学区教职工一条心的"人和"，在学区总支书记、校长的岗位上一干就是24年，成为朝阳区教育系统在一个地方且任最高职务时间最长的领导干部。

24年里，李守义曾几度风雨！

24年里，李守义又几多收获！

李守义语录

没有钱，就没有教育！

撤我的职

没有钱，就没有教育。他无视闲言碎语，把隐隐还在的伤痛埋在心底，仍苦思冥想着如何挣钱。

没有人敢替他担责任，他就单枪匹马，冒着被撤职的风险，优化布局教学设施，出租校舍来创收。

俗语说，一朝被蛇咬，十年怕井绳。而李守义初次下海被骗的伤痛还在，仍飞蛾扑火。

"没有钱，就没有教育。""没有更多的教育投入，何以产出更好的教育成果？"这些话，李守义不但时常挂在嘴上，还经常谋算在心里。

1986 年夏，他又开始琢磨新的挣钱之道。

垂杨柳五小周边环境差，企业生产噪音大，严重影响教学质量。如果整合进周边的学校，把空置出来的校区出租出去，一定会为学区带来创收，恰好可以用来解决每年全学区只有 7000 元的教育经费困难，更好地投资教学。

李守义想好了，立即先向朝阳区教委主管领导汇报。领导听了，明白地告诉他说："学校是公共财产，任何单位和个人不得随意改变其用途。因为不符合规定，教育部门不敢承担这样大的风险。"

"同时，这样的风险，也不是你李守义一个人愿意承担就能承担起来的。"

刚开口，李守义就碰了一鼻子灰。

但他没有泄气，继续磨嘴跑腿，解释游说。半年时间过去，跑了一回又一回，仍无一丝进展。

困难的关键集中在：公办学校对外出租校舍挣钱这样的事情，朝阳区教育系统没有过先例，说不定整个北京城也没有过，谁也没干过，谁也不敢干，谁也担不了这个风险和责任！

"其实地上本没有路，自己走多了，也便成了路！"李守义坚信自己的路没有走错。

不得已，他只好直接向朝阳区委教育部长求助，一番真情诉说让部长心动，当即答应他："你出租的这所学校是否适合办学，我要找人调研，如果确实如你所说，我帮你和教委协调。"

部长调研后，召集朝阳区教委班子成员，让李守义当面再作最后一次申请，集体商议决定。

最后，讨论的焦点集中到学生分流后可能出现的三个问题上：分流后是否会因为教室不足，出现二部制？即：上午一个班上课，下午另一个班上课；分流后是否影响教学质量？分流后是否会出现家长告状？

部长面对教委领导的担心，当即问李守义："会不会出现这样的问题？如果出现了怎么办？"

"保证不会出现，如果出现其中之一，特别是家长告状，当即撤我的职！"掷地有声的回答，表达出李守义的决心与承担。

最后，参会的 9 位领导经过认真分析研讨后，同意资源整合。即此，李守义迈出了整合垂杨柳学区资源的第一步。

三天时间，500 多名师生全部就近分流到满意的学校。

学校很快腾出来了，时间就是金钱，不能坐等承租方上门。

"哪位干部教师能以最合理的租金和最快的速度，把空置的校舍租出去，100 万元以内奖励租金的 10%，100 万元以上奖励租金的 20%！"

谁也没想到，在垂杨柳学区领导大会上，李守义会公开招商。

重奖之下，必有勇夫。不出半月，学校以 85 万元的租金顺利找到了承租者。而成功联系到租赁方的，竟是两位普通教师。租金很快到账，李守义拿出 8.5 万元，立即兑现承诺。

1999 年，李守义又以每年 100 万元的租金，出租了大郊亭小学。

2000 年，他又以每年 100 万元的租金，出租了南磨房小学。

1999 年，朝阳区调整辖区教育总体布局，垂杨柳学区合并了南磨房学区。这样，垂杨柳学区小学总数达到 23 所、1000 多名教职工、500 名退休教师、12000 名学生，成为朝阳区最大的学区。

这个庞大的管理群体，是组织对李守义发展理念、教学思路和成效的最好肯定。

无疑，也是李守义全心投入教育事业的魅力所致。

盖 房

倒掉从房顶上滴漏下来的半盆水，他十分愧疚，我们不能让一个参加过解放战争的老校长还住这样的危房。

房源紧张，关系户一概不考虑，重点解决住房困难的教师，为学区教育振兴立下汗马功劳的老教师。

秋雨连绵，淅淅沥沥，下了一天一夜。

满校长居住的旧平房前年就开始渗水了，今年雨水多，漏得更厉害，外面哗哗大下，屋里嘀嘀嗒嗒，不停地小下。

一会儿，这里就漏了半盆，那里滴满了一碗。

六十多岁的满校长是垂杨柳学区的离休干部，他老眼昏花地瞅着湿漉漉的房间，气得直掉泪，泪珠比天上下来的雨滴还大，还密集、还忧伤。他战战兢兢地爬上房顶盖塑料布，谁知，刚盖好，一阵大风刮来，一块块塑料布无情地飞上了天。

来家访的李守义听了，心里一阵难过。他立刻赶到附近的部队，借来一块百十平方米的大苫布，爬上房顶，盖得严严实实。

随即，他通知各个学校，好好排查教师们的住房，有漏雨进水的，一定要立即做好防护、巡查。

去年夏天，李守义到教师家家访，发现教师们大多住房紧张，不少人家厨房、住室合一，小小的房间里，挤杂得无法下脚，闷热得像蒸笼一样。

立即，他就让各个学校统计，看看还有哪些教师家里没有单独的小厨房，马上购置了10万块砖、500捆油毡、几千根檩条、上万根椽子，为近50户盖起了整洁的小厨房。

"多年不变，教师的住房条件实在太差了，真是应该改善了！"在满校长家房顶上，李守义一边拉苫布，一边想着这个老大难。下来，他躬身走进满校长屋里，端起快滴满的水盆，往外倒。

临走，满校长感激地把他送到门外，他却拉着满校长的手，十分愧疚地说："满校长，再委屈您一段时间，我们也努力争取建楼房。"

"天晴就没事了。"学区领导亲自来给自己盖房顶，满校长心里已经暖洋洋的，晴朗朗的，哪里还去想这辈子住楼房的好事。

但是，已经退休的满校长可以不想，朴实的教职工也可以不想，而李守义作为学区领导人，却不能不体贴员工的生活，他在不停地想这件事，想那件事。而且，他还要不停地——落实好。

早几年前，朝阳区教委为了解决教师住房难问题，想尽办法投入资金，在朝阳区北部、东部盖起了大片宿舍楼，但唯独朝阳南部因没有合适的土地，教师住房问题一直得不到解决。

此时，李守义萌发了一个想法，把和平村一小、二小两所平房学校拆掉，学区出地皮，开发商出资金，楼房盖好后对半分房。

李守义把报告打到朝阳区教委，又是迟迟不见批复。为什么？还是那句话："朝阳区没有这样的先例！"

后来，经李守义反复说明，领导同意了。但是，要求李守义把学生老师分流好，不准出任何问题。

无疑，这又是一出属于李守义的独角新戏。重任面前，他不顾纷扰，粉墨登场，把一出出大戏、好戏、独角戏，精彩地唱给花费心力支持垂杨柳学区教育事业的教职工们听。

他很快找到开发投资商，拆建工程动工。

第二年，三层的新教学楼建成，学生们坐进了宽敞的新教室里。

接着，六层的住宅楼拔地而起，如期建成。

正建房时，面对一双双爱慕的目光，李守义公开分房的"铁则"：房源紧张，关系户一概不考虑，重点解决住房困难的教师，为垂杨柳学区教育振兴立下汗马功劳的老教师。

"铁则"表面硬冷，内里温情十足，且十分在理！一颗颗蠢蠢欲动的房心，平静下来。

满校长第一个被请来选房，他沧桑的脸笑成了一朵花，热泪盈眶地选了二楼。

已经离休的冯老师也选了二楼。一次，冯老师在街上散步，遇见李守义，随意聊着新盖的楼房，说自家住五楼，儿女们不在身边，老胳膊老腿儿了，上下楼不方便。李守义记在了心里。

分房中，李守义也并非没有一点"偏心"。

他另眼相待的，是体育女教师金秀英。

论实际，她家距离学校并不远，仅仅五六里地。她又是单身，按政策不应该分房。李守义却坚持分给她一套。

其中，自有真情。在垂杨柳学区体育先行突破中，她负责体育尖子班最重要的基本功训练长短跑项目。她没有节假日，起早贪黑，风雨无阻，却从不喊累叫苦，更不提条件，是垂杨柳的功臣。当时，三十六七岁的她，仍是一线体育教师。

李守义说："就凭这一点，垂杨柳学区不能忘了她！"

"还有一点，她至今单身，如果能有一套房子，对她早点解决婚姻问题，建立一个美满的家庭，绝对是一个很好的加分条件。"

"分，分，学校的命根！"

每时每刻，尤其是关键时刻，李守义没有忘记为自己的教师"加分"啊！他特别想让这个单身老姑娘工作好的同时，生活得更美好。

80多套新楼房，近40户二手房，不用出一分钱，一一分给了最需要住房、最应该得到的普通教师，教师住房难解决了。

教师子女的入托难、上重点中学难，怎么办？

"天空飘来五个字儿，那都不是事。是事儿也就烦一会儿一会儿就完事儿。"

对李守义来说，住房这样的"老大难"都能解决好，这些小事儿更是手到擒来。

学区内和平村二小旁边有一块空地，位置好，环境好，如果能在那里建一所幼儿园是最好的选择。李守义立即找到土地产权所属的双井办事处，协调成功了，不仅省去了新立建设项目找地皮、办手续的繁琐，还节省了一笔不小的使用费。

很快，一座幼儿园新建起来，可容纳80多名孩子。教师是从自己学区内挑选出来的最有爱心的年轻教师。

李守义和附近的北京市工业大学附中结成对子，教师子女上好中学难也解决好了。

在李守义眼里大事要办好，小事也要当作大事来一一落实好。后勤保障服务，就不是小事。为此，李守义要求所有学校做好教师的"七有"保障：车有处放（下雨、下雪时，有安全的地方放置），公交月票有人集中换，澡有地方洗（自建澡堂或和工厂联系），晚间饭菜有人管（学校食堂现成的有饭，有半成品的菜可供老师带回家再加工），单身的教师有地方住宿，午间有地方休息，传达室要有打气筒。

啧啧，你看，吃喝拉撒，大事小情，都有专人负责呢。

再也没有什么事劳神分心了，教职工们真是高兴，心无旁骛，齐心协力，把全部精力投入到教育教学工作中。

李守义语录

最好的思想工作就是解决好民生问题，让教职员工们安居乐业。

最英明的决断

一进门，等候在审计科的检察人员就开始问他："你 1987 年是否收到过 10 万元钱？"

当事人都死 6 年了，他万万没想到，是谁把陈年旧事翻出来了？背后，还有多少双眼睛心怀叵测地盯着自己？

1993 年 5 月，突然发生了一件惊心动魄的事。

那时，垂杨柳学区各项工作风生水起，如日中天，已经"冲出学区，走向区市，跻身全国"。

那天上午，朝阳区教委打来电话，让李守义立即去一趟。进门，一位熟悉的办公室人员就避开他热情的目光，一脸严肃地指着审计科说："朝阳区检察院的工作人员正在那里等你，快过去吧。"

李守义一进去，等候在屋里的检察人员就开始问话。

"你姓什么？叫什么？"

"姓李，叫李守义。"

"你 1987 年是否收到过 10 万元钱？"

"是，都上缴垂杨柳学区了。"

"你现在就带我们去核实。"

检察人员三句话说完，立即站起身，要求即刻去垂杨柳学区核查。

李守义带着检察人员直接到了垂杨柳学区办公室，主管记账的工作人员张桂华急忙找出 6 年前的账本。

10 万元是否真的上缴垂杨柳学区，用到公务上了呢？

检察人员一一细细地核查着：领导干部的补贴，骨干教师的奖金、补贴，学区各种活动的招待费……

账本上，一笔笔支出时间、事由、签字人清清楚楚，且一分不差！

"老李，你是这个！"检察人员当即向李守义竖起了大拇指，"如果你贪污了，不要说 10 万元，就是 5 万元也能判你 20 年。"

这令人胆战心惊的 10 万元钱，是 6 年前的事了。

1986 年夏，李守义以 85 万元的租金，将垂杨柳五小校舍租赁出去。不久，他就发现自己又被骗了，并且吃了大亏：中间人又以 320 万元的租金，转租给了全球最大的移动通讯设备企业——爱立信公司！

可是，李守义已经以 85 万元的租金和中间人签了 5 年的租赁合同。

"85 万元，320 万元，转手间，就是 235 万元的大损失啊！这不是我一个人的事，关系到垂杨柳学区的整体资金收入！"李守义一直寻思着怎么挽回损失，好让垂杨柳学区不吃亏。

他一直有胃病，这时更是积郁愁肠，心脏、肝、脾也都开始生出大大小小的毛病，严重时，要住院治疗。

正苦思冥想，传来噩耗："中间人突发车祸死亡了。"

房舍是自己学区的，李守义便理直气壮地找到死者的领导，摆事实，讲道理，对方欣然答应，新立租赁合同，直接和垂杨柳学区履行每年280万元的租金。

就是这位突发车祸的中间人，1987年秋，一次性送给李守义10万元钱。

那时，李守义胃病住院，儿子晚上给他送饭时，发现桌角放着一个黑色塑料袋。打开一看：10沓崭新的人民币，整整10万元！

李守义这才想起，天快黑时，那个中间人来医院探望过他，临走怎么悄悄放下的，他一点也不清楚。

病床上，他吩咐儿子，第二天一大早将这些钱送给垂杨柳学区主管人员。

这件事整整过去6年了，当事人都死5年了，李守义万万没有想到，是谁把陈年旧事翻了出来？还有多少双眼睛居心叵测地盯着自己？

"哦，幸亏我把持住了职业底线，如果私吞了，判刑10到20年，自己身体一直有病，早死在监狱里了。"李守义暗暗庆幸当时做出了最英明的决定。10万元"赃款"事件，也让李守义更加坚信，不管社会如何浮躁，人类如何贪婪，自己一定要坦坦然然，坚持做人的底线，凭良心办事。

百万大奖

配合"冲出学区,走向区市,跻身全国"目标,他实行"内评前六,外奖区市"大奖励机制。

从 1985 年第一个教师节开始,垂杨柳学区教师节表彰大会上,他亲自给教师颁奖,长达 17 年。

从 1985 年,我国设立第一个教师节,每年 9 月 10 日的垂杨柳学区教师节表彰大会上,李守义一定要亲自组织大会,亲自慰问全体教师,亲自给"内评前六,外进区市、全国"的先进教师颁奖,直到 2002 年光荣退休,坚持长达 17 年之久。

李守义说:"每年站在台上,表彰进入区市、全国的先进教师和先进学生,对我来说是最光荣、最高兴的事了,比我自己受到上级表扬还光荣、还高兴!"

每当念过一个亲切的名字,一项熟悉的工作,就像一缕金色的阳光,明丽地闪耀在他的眼前。一个个名字,一项项工作,汇聚成璀璨的光辉,普照在垂杨柳学区的大地上,滋养出蓬勃的工作热情。

最激动人心的是，1999年9月10日，第十五个教师节表彰大会。

1999年，恰逢建国五十周年盛典，藉此伟大喜庆的节日，李守义在垂杨柳学区千名干部教师中开展了大规模的"五十之佳"评选活动，并拿出100万元，对"五十之佳"进行大张旗鼓的表彰，对全体教师进行慰问。

评选范围之大，奖金额度之高，规模氛围之隆重，空前绝后，在朝阳区乃至北京市，无以媲美。

至此，我们不妨让时光倒流，倒流到20世纪70年代末。

1978年底，李守义被调任垂杨柳学区担任总支书记、校长。那时，他刚刚37岁，正值人生黄金一样的激情岁月。当时，垂杨柳学区各项工作在朝阳区排名倒数第一。

22年里，李守义倾情教育，在垂杨柳学区摸爬滚打，流过汗、流过泪、流过血，失败过，痛苦过，更收获着、欣慰着。

1999年9月，李守义即将迎来58岁生日。60岁，就在半步之遥外，向他招手致意。

22年，对读者来说，只是一个在唇齿间翕动的数字。可是，对一个走过22载风雨的近花甲之人来说，是一个推陈出新的节点，还是一个生老病死的关口。

22年间，教育在改革，时代在前进。你可以墨守成规，亦步亦趋，观望逗留。你也足足可以倾尽心力，乘势而上，大有作为。

李守义是大有作为者。

他从不爱，到爱；从浅爱，到热爱；从深爱，到痴心不移。他乘着我国教育改革的东风，登上素质教育的时代航船，在垂杨柳学区总支书记、校长的岗位上，乘风破浪，披荆斩棘，勇猛向前。

他从一个 17 岁的毛头"孩子王"，成长为激情张扬的小学校长，飞渡到华发丛生的老校长。"孩子王"的岗位上，他始终热爱着，一站站到底。"小学校长"的职位上，他始终忠诚着，一站站到老。

这一段长长的历程，这一本辉煌的成绩，必将载入史册，怎不让深深爱着教育的李守义心潮澎湃。

藉此，58 岁的他，舞动手中激情之笔，专门为垂杨柳学区"五十之佳"画册写下真情的序言，以及热忱的编后语。

序　言

当您翻开这本画册时，您所见到的是富有历史价值的照片，您所读到的是具有先进性的文字记载。

这些，都是垂杨柳学区的闪光点。

从这些事迹中，您将看到我们每一所学校和干部教师在推进"素质教育"的征途中所走过的历程，以及他们辛勤劳动的结晶。

在我们伟大的祖国诞辰五十周年的日子里，我们印制这本画册，就是为了总结和反映垂杨柳学区千名干部教师共同走过的这段征程。多年来，我们的干部教师以高度的责任心与使命感战斗在教学改革第一线，为深入实施"素质教育"，忘我工作，付出了心血，在"冲出学区，走向区市，跻身全国"的口号激励下，作出了前所未有的成绩。经过认真的评选，评出了"五十之佳"，作为全学区十四所学校和千名教师的榜样，并以此将他们的事迹载入这一小小的史册，从而褒扬先行者，激励后来人。

编后语

翻开这本画册，令人啧啧称美。

我们称美最佳校长，劲松四小的戴玉琴，沙板庄小学的苏敢，劲松一小的师建英，是你们把自己的办学思想变成了教师们的实际行动，把学校办成全面贯彻党的教育方针的现代化学校。

我们称美最佳学校和最佳特色学校，劲松四小、垂杨柳中心小学、和平村一小，劲松二小，劲松三小，沙板庄小学，垡头二小，是你们长期以来沿着"素质教育"的轨道，面向全体学生，培养了学生多种爱好，使学校办有特色，学生各有特长。

我们称美最佳科研学校，劲松四小、沙板庄小学，是你们始终把科研作为先导，使学校的教学改革工作在科学理论的指导下，取得了日新月异的成绩。

我们称美最佳干部，程林贵、张桂华、田馨萍、温玉祥，是你们敬业加精业，多年如一日，把精力投入到教学改革中，走进教师，走进教研组，走进学生和家长，你们的工作得到了领导的承认，得到了人们的认可。

我们更称美那些最佳教师，凌爱宜、李文清、刘洪涛、罗珂君、张凤英、常平、韩雪红、李文会，你们的好课跨出了学区，走进了全区、全市和全国，这是你们教学改革的成果。你们为学区的教学改革奉献了力量，学区不会忘记你们，留给你这本画册，让人们永远记住你的名字……

看着一个个被评选出来的最佳学校，最佳党支部，最佳校长，最佳特色学校，最佳科研学校，最佳科技学校，最佳干部，最佳教师，最佳班主任，最佳课堂教学，最佳工会，最佳团支部，最佳少先队工作，最佳党员，最佳团员，最佳辅导员，最佳论文，以至最佳后勤，最佳食堂，最佳离退休工作者……

一个个，不同岗位上的"最佳"，凸显出来，无论他（她）是站在前台，还是隐在幕后。

我们，被深深地感动了。

是的，我们称羡这些榜上有名的最佳个人和集体。

可是，我们也不能不称羡榜上无名的李守义，甚至说，我们更称羡李守义！

我们称羡李守义真诚、公正的个性品格，我们称羡李守义一心为教师的温馨情怀，我们称羡李守义全心为教育事业的忘我行为和博大精神。

这里，笔者不由得又想起了那可能置李守义于死地的 10 万元"赃款"，不能不再次提起张桂华，就是那个获得"最佳干部"荣誉称号，戴着一副老花镜，埋头工作的老阿姨。

是她，在人事工作中一丝不苟，从无失误，使垂杨柳学区成为朝阳区教委人事报表唯一的免检单位。其本人也多次被评为朝阳区人事工作先进个人，北京市普教系统先进工作者。

正是她，兢兢业业，恪尽职守，把每一笔钱的出入记得清清楚楚。相反，假如那 10 万元"赃款"是一笔糊涂账，李守义定然百口莫辩，跳进黄河也洗不清。

所以，我们称羡李守义，我们称羡张桂华！

所以，我们为李守义骄傲，我们为张桂华自豪！

不能忘记你

　　他说，垂杨柳学区从落后变先进，离退休老教师功不可没，是他们为今天打好了基础，铺平了道路。

　　历史不会忘记他们，我们更不能忘记他们，一定要把离退休教师工作当做大事做好。

　　在分房过程中，孤寡老教师景玉琴被优先安排进一间向阳房入住。她人老了，洗衣服困难。李守义就安排买来一台洗衣机，送到她家，放在最方便使用的位置。

　　井老师一生嗜烟如命，每天两包，少抽一根就坐卧不宁。退休时工资低，每月500余元，手头总缺吸烟钱。李守义听说后，每月给她补助200元专门用于买烟。

　　明明知道吸烟对身体有害，为什么还要明目张胆地支持她呢？

　　"她抽了一辈子烟，临老已经戒不掉了，总不能看着她整天闷闷不乐，没钱买烟吧。再说，在教育战线上苦了一辈子，哄老太太开心，买好一点的烟抽，也好多生活几年。"

这就是李守义，实实在在的一个人，说的实实在在的话，办的实实在在的事。

原垂杨柳三小校长曹冠聪的老伴患有重病，生活不能自理。退休后，全靠他一个人照顾老伴。

曹冠聪突然有半身不遂症状。李守义听说后，赶忙带着礼品去探望。

一生刚强的曹校长拉着李守义的手，热泪盈眶，说起孩子们忙上班，老两口相依为命的艰难。李守义叮嘱他说："老伴已经病得很重，需要您照料，您的病千万不敢耽误，不方便出门，就请医生随时来家里针灸治疗。"说着，他从口袋里掏出1000元钱，叫曹校长专门用于针灸。

幸亏治疗及时，曹校长逐渐好转。

学区内有三位孤寡退休老教师，他们退休时工资标准低，已经远远满足不了当下生活的需要。李守义就对他们实行和在职教师一样的两年一次涨工资制。而且，专门筹集20万元，作为三位老人的养老基金存入银行，办好卡送给老人们，上写着："拥有此卡，就拥有了垂杨柳学区同志们的一片真情，此卡将伴您终生。"

逢年过节，李守义把慰问离退休教师当作头等大事。每月，还把离退休老教师们邀请到学校，一杯热茶，一声问候，谈谈教育，说说国事，聊聊家事，其乐融融。每年春节前，他都要把500位离退休教师请到一家大宾馆里，热热闹闹地召开团拜会。

1989年，李守义发挥离退休教师余热，率先在垂杨柳学区建立督学站，每天走进各所小学督察指导教学。朝阳区教委从中受到启发，很快成立了覆盖全区的二十多个督学站，开创快速高效的督学机制先河，受到北京市教委的肯定。

职称，对从事教育的人来说，是一顶职业的桂冠，体现着事业的价值。

李守义做了22年小学教育的领航人，且成绩累累，却直到临近退休才被评定为中学高级教师。

近水楼台未得月，一个个机会都去了哪里？

李守义说："职称评定要优先考虑一线教师，垂杨柳学区办公室的工作人员名额和机会相对较少，我作为领导，更要先谦让同志们。同时，还有个别同志要破格，或照顾。所以，我就一直靠边站着，让他们高高兴兴先参评。"

直到1999年，李守义58岁，眼看也该退休了，还没有主动参评高级职称的想法。

朝阳区教委领导着急了，催他填报表。他却说："不急，再等等，等学区内够条件的评上之后我再评。"这一等，就等到了2000年，他即将退休。

他成了垂杨柳学区最后一位参评中学高级职称的老教师，也是垂杨柳学区年龄最大的参评者，无疑也是参评者中，年龄最大的、唯一的学区书记、校长。

第五章

星河美少年

2002年5月，李守义带着满身光环从垂杨柳学区光荣退休。从事了44年教育，他想淡出教育圈，清闲地享受生活，朝阳区教委支持他发挥余热，创办朝阳文化培训学校。

他找准方向，短时间就把朝阳文化培训学校办成京城学子趋之若鹜的名校之一。

正当文化学校风风火火之时，朝阳区教委又把办好第一所公助民办打工子弟学校的重担交给了他。

硬件上，场地狭小，校舍不足，设备短缺，李守义先后向朝阳区教委打了18个报告，——很快批复，教委先后投资2000多万元新建了三层教学楼，更新了教学设施，办学条件得到极大改善。

然而，干了一辈子公办教育，突然面对来自全国23个省区，水平、能力、习惯、心理素质参差不齐的孩子，来自四面八方水平不一的教师，李守义一时摸不着头脑。但是，他始终相信，只要心在孩子那里，我的学校就将是孩子们的乐园。

打工子弟学校怎么办？

教师怎么管？

学生怎么教？

面对新的三大难题，李守义不凑合、不将就、不等待。

他认真地调查着、思考着、探索着。

公办学校校长办学思想不端正，只重视智育，忽视德育、体育，会给孩子造成"半瘫"。打工子弟学校的办学思想、办学思路更重要。如果校长的办学思想不端正，一心为了挣钱，只抓安全，德智体忽略不计，会给孩子造成"全瘫"。打工子弟绝大多数将留在城市，成为城市的新公民，他们的教育比城市孩子的教育更重要。

"为弥补打工子女在教育上的缺失，缩小他们和城市孩子的差距，使他们更快、更好地融入城市，就要抓住特点，因材施教，特色办校。"

渐渐地，李守义有了明确的思路。

为此，他既着眼于孩子现实的缺失，又着眼于孩子未来的需要，从"习惯养成教育"和"双语教育"入手，以培养"好公民"为目标，又扑下身心，开始了一段精彩的新探索、新实践。

经过三年多的摸着石头过河，李守义终于破解了三大难题，形成"政府支学、社会助学、校长办学"三力组合办学模式；形成"文化引领、机制管理、人文关怀"三大教师管理模式；形成"特色办学，全面发展"两大学生教育模式，为教育界面临的打工子女教育难题提供了具有借鉴和推广价值的经验。

2011年3月6日，李守义被评为"首都十大教育新闻人物"，颁奖词是这样的：

李守义，朝阳区星河双语学校校长。至今从教53年，心系弱势群体，志在打工子弟教育。他从打工子弟学校的校情、生情出发，努力提高教育质量，把学校变成了以"双语教学"和"习惯养成"为特色的京城最具盛名的民办校之一。

教育之路上斩获的所有荣誉中，李守义最喜欢这一个。他说："我这个符号的出现，充分说明打工子弟的教育已经得到了各级部门的重视，摆上了和城市孩子平等的地位。"

这一荣誉，也是他70年人生创造出来的最辉煌，更是他"老骥伏枥、志在打工子弟教育"的加油站、助力器。

十年努力，学校规模不断壮大，教学特色愈加纷呈，十年校庆成果展示受到各方好评。

我国打工子弟教育现状

2006 年，我国新修订《义务教育法》。其中，第二十二条规定：父母或者其他法定监护人在非户籍所在地工作或者居住的适龄儿童、少年，在其父母或者其他法定监护人工作或者居住地接受义务教育的，当地人民政府应当为其提供平等接受义务教育的条件。

以此为据，各地开始重视为打工子女提供平等教育的机会。

同时，新法也明确提出：具体办法由省、自治区、直辖市规定。这样，出于种种原因，各地对打工子女入读公办学校设置重重条件。其中，明收暗要的借读费、赞助费少则几千元，多则上万元，令不少打工家庭望而却步。

但是，重重限制抵挡不住早已在城乡之间涌动不息的打工潮。20 世纪 90 年代以来，随着改革开放不断推进，大量农村富余劳动力进入城市。以北京市为例，北京作为国际大都会，更是务工人员的首选城市，是一个重要的流动人口聚居地。而在北京各区县，朝阳区务工人员最为密集。

据统计，2005 年底，北京市户籍人口为 1180 余万，流动人口357 余万，比例为 1∶3.3。截至 2007 年 7 月，朝阳区共有户籍人口 176 万。其中，流动人口常量达 125 万，高峰值接近 140 万，户籍与流动人口比率接近 1∶1，个别乡镇流动人口高于户籍人口。

另有调查，2006 年 9 月，北京市适龄入学流动人口达 37 万。朝阳区统计，2007 年，朝阳区有适龄入学人口 15.5 万。其中，辖区内适龄入学流动人口总数达 8.9 万，占全区义务教育学生总数的57.2%。

到 2007 年，已有超过 40 万流动人口子女在北京就读。其中，25 万人在公办学校，10 余万就读在 200 多所未经批准的自办学校。而 2006 年底，北京市经批准的打工子弟学校仅为 56 所，2008 年增至 63 所。

2010 年 7 月，《国家中长期教育改革和发展规划纲要（2010～2020 年）》出台。其中，第四章第八条更明确规定：坚持以输入地政府管理为主、以全日制公办中小学为主，确保进城务工人员随迁子女平等接受义务教育，研究制定进城务工人员随迁子女接受义务教育后在当地参加升学考试的办法。

规划纲要实施 5 年来，特别是党的十八大以来，随迁子女在公办学校就读比例保持在 80% 左右。但是，规划纲要进一步指出的"研究制定进城务工人员随迁子女接受义务教育后在当地参加升学考试的办法"，仍为空白。

种种事实表明，打工子女教育仍是制约我国实现教育均衡发展的一大现实障碍，有待国家有关部门进一步强制规定，更有待于各地进一步敞开教育情怀。

针对打工子女教育，以"支持民间公益"为宗旨，旨在改善农民工子女成长环境的南都公益基金会理事长徐永光，有过一段深刻的论述。

他说，打工子女面对的不单单是读书的问题，更是如何融入城市的问题。打工的后代，将不再是"打工第二代"，而是城市新公民。可怕的是，这些未来的城市公民，比他们的父辈和祖辈更强烈地感受到了不公平、受歧视。这些感受发生在他们交不起"借读费""赞助费"，被公立学校拒之门外时，发生在无钱上学游荡在街头巷尾时，还发生在读公立学校受城里孩子欺负时。

所以，随迁子女不仅仅是供我们简单施与同情的对象，他们的命运关系着我们整个中华民族命运的共同体。随着时间的推移，各种问题会越来越突出，问题的解决有赖于整个社会从身份制向公民社会的转变，更有赖于人们重视他们当下受教育的权利。

临危受命

　　朝阳区是北京市外来务工人员最密集、数量最大的区域之一。朝阳区教委在北京市第一个拿出公办资源搞民办打工子女学校。

　　谁当校长？教委反复研究，他成为最合适的人选。可是，他能接受吗？疑惑中，众人观望着。

　　2006年2月，人们沉浸在轻松愉快的新年喜悦中。

　　时任北京市朝阳区教委主任谢莹，一个电话把李守义叫到了办公室。客气地让座，知道李守义不喝茶，送上一杯热乎乎的白开水。

　　"什么事呀？这么急。"李守义很快来了，盯着谢主任和在座的张金科副主任问。

　　三个老教育，你一言我一语说开来。根据《国家中长期教育改革和发展规划纲要（2010~2020年）》规定，要切实解决好随迁子女义务教育问题。朝阳区是北京市外来务工人员最密集、数量最大的区域之一，也是随迁子女义务教育问题最严重的区域之一。

大部分随迁子女进入公办学校，但因为种种条件限制，仍有不少随迁子女无学校可读。让每一个随迁子女有学上。这是政府答应百姓的，必须落实好。朝阳区决定利用现有的公办教育资源，以公助民办的形式，创办一所专职的打工子弟学校。

打工子女是伴随着中国打工潮出现的一个特殊群体。创办公助民办的打工子弟学校，也是一件新生事物。该怎么办？无前例、无经验，只能交给一个懂教育、有良知的人担任校长，才有可能办好。

选谁呢？教委反复研究后决定，李守义是最合适的人选。

可是，他能接这个新任务吗？大家又充满疑虑。

李守义家楼下的小裁缝铺里，就住着一对进城打工的夫妻和一双儿女。

每天，他从小小的门面前路过，总要亲热地看几眼。有两次，老伴让他拿着衣服进去换拉链、修裤边，他才清楚地看到了这一家人拮据的生存处境。

十余平方米的小店铺，进门支着一张大台板，边角放着一台缝纫机，墙上陈列着花花绿绿的布料，台板上面悬挂着一件件加工改制的服装。往里，隔着一层薄薄的布帘，一边放着一张双层简易床，对面支架上放着锅碗瓢盆，架下塞着满满当当的杂物。

小男孩刚上一年级，常常被忙忙碌碌的年轻父母呵斥着，站在台板角上写作业，他不安的大眼睛却不时地溜向门外的车辆行人。三四岁的小女孩没有小伙伴，没有玩具，经常一个人孤独地蹲坐在门口玩耍，身上弄得脏兮兮的。

李守义也是农村长大的苦孩子，进进出出，看得心里酸酸的，却又说不出的亲切。

当时，李守义开办的北京市朝阳文化培训学校正红红火火，四方学子趋之若鹜，竞相入读。

2002年5月，李守义从干了44年的教学岗位退休了，朝阳区教委主任把他叫到办公室说："教委帮你办个执照，退休后，继续在朝阳发挥余热办学吧。"李守义身体一直不好，胃、肠、心脏、肝、脾等都有或重或轻的疾病，从20世纪80年代起，每隔两三年，总要住院治疗，住过11次医院，做过5次大手术。他很想借着退休，和老伴守着儿孙过清静的日子。哪想到，领导的信任又让他走上了教育培训。

文化培训不同于学校教育，家长为什么不惜一切代价，要把孩子送进来吃苦受累？怎样让课业负担已经十分沉重的孩子，苦有所得，考入理想的中学？李守义认真思考着。

"不能让家长花冤枉钱，不能让孩子跑冤枉腿。要让学校成为家长和孩子实现理想的支点。"

李守义高薪聘请全国有名的教育管理者，请来北京市7个区20位名师来校上课，注重提升学生关键科目的成绩，重点辅导孩子们参加竞争力大、含金量高的北京剑桥英语大赛、春蕾杯、迎春杯、华罗庚杯数学竞赛等北京市四大赛，凸显优势学科，走选拔捷径，进一流中学。

"北有精诚，南有朝阳。"仅仅四年，李守义主办的朝阳文化培训学校就颇有名气，生源从2002年招生时的200多人，迅速发展到2005年的近3000人，北京市所有重点中学都有朝阳文化培训学校学生的身影，两次被朝阳区、北京市评为先进培训单位，全国英语培训先进机构，被确定为北京市两个市级考点。

放学时，李守义站在学校东边的高台上放眼望去，南北方向的劲松路上，熙熙攘攘，摩肩接踵，全是自己的学生在涌动，两侧车辆停留达 20 分钟，近 3000 名学生来自北京市 7 个区、125 所学校。其中，来自劲松四小同一个班级的 34 名孩子通过特长全部考入重点中学。这是一个教育工作者的骄傲，更体现着一个教育工作者的智慧。

如果说，李守义退休之前作为朝阳区垂杨柳学区的总支书记、校长，早已在朝阳乃至北京声名显赫；那么，此时他作为北京市朝阳文化培训学校社会办学独立法人代表，可谓小有名气，个人智慧、价值以更加实惠的形式凸显出来，令教育界羡慕。

可是，来自四面八方的打工子弟起跑线已经落后很多了，不能让他们和城市孩子的差距再进一步拉大了。"作为一个党培养多年的有良知的老教育工作者，我有能力和责任让他们享受到和城里孩子一样好的教育，让他们更快地融入城市，更好地成长"。

也许是情感相连，命运相牵，没有再多想，李守义当即便爽快地应承下来。他把如日中天的培训学校委托他人办理，自己则决然牵手一群参差不齐的农村娃。

至此，朝阳区教委开创随迁子女义务教育史上的先河，办起了北京市第一所公助民办的打工子弟学校。李守义这个从公办教育上退休的老校长，也成为北京市第一位公助民办打工子弟学校的新任校长。

心会跟爱一起走

适合时代和孩子的教育，才是最好的教育。他走进学校、孩子和家长，多方了解着打工人员及其子女的现状和需求。

他说，不奢求孩子们成为太阳、月亮，希望他们像一颗颗闪闪发光的小星星，在社会上发出自己独特的光辉。

适合时代和孩子的教育，才是最好的教育。

一上任，校名就让李守义颇费心思。

新开办学校原址是朝阳区十里河小学，十里河是学校所在的村名，"十里河小学"这个校名地域性强，乡土文化浓郁，但美中不足的是，缺乏时代感，感召力不强。

那么，取一个什么样的名字，既有地域性又富时代感呢？

"星河双语学校！"斟酌再三，李守义有了满意的答案。

李守义这样演绎"星河双语"的美好未来，他说："太阳、月亮和我们居住的地球同属于浩瀚的银河系，我不奢求来这里读书的孩子们成为光辉灿烂的太阳、月亮，希望他们成为一名全面发展的好学生，未来像一颗颗闪闪发光的小星星，在社会上发出自己独特的光辉。"

"星河双语"既胸怀高远，又诗意浪漫。其中，更蕴涵着李守义对打工子弟未来的美好希冀，对教育事业的一往情深。

原十里河小学的本地户籍的学生新转到其他公办学校去了，剩下的298名学生来自全国23个省区。这是一个怎样的群体呢？李守义走进班级、学生和家长，详细了解着他们的学习状况和生存环境。

有频频换学，有3年换了8所的；有连连蹲级，有14岁才上小学三年级的；有频频轰走家里的保姆，有一周换掉7个的；有上小学五年级了，还没见过26个英文字母；还有站在电影院的折叠排椅前，一脸茫然地问老师："座位在哪里？"

家长、孩子的生存环境又如何？

李守义翻开孩子们的日记、作文，看"真情""亲情"记录：

◎我爸爸妈妈收废品，每天早出晚归，还没到40岁就满脸皱纹，皮肤黑黝黝的，看着像50多岁。

◎前一年八月十五中秋节，我家没有多余的钱买肉包水饺，妈妈就买了点油条包水饺。月饼也很贵，等几天后便宜了，爸爸才买回来一袋。他说，这钱还是妈妈要他买鞋的。我要好好学习，长大了，赚很多很多的钱。

◎爸爸给我印象最深的是他去送烧饼，总是匆匆忙忙，一声不吭，骑着自行车飞快地走了。送完了就要再打烧饼，整天手脚不停。夏天很热，妈妈围着火炉，常常熏得满脸大汗，脸色紫红，去年夏天晕倒过两回。我放学写作业的时候，他们最忙，也没时间管我。

我不会的题，他们谁也说不清楚。

◎爸爸妈妈卖盒饭、卖水果、卖大饼。我在北京没学上，妈妈把我送回老家。这个学期，该上五年级了，奶奶说她老了，管不好我，我又来北京了。

◎我家是卖菜的，爸爸常在休息的时候对我说，你要好好学习，长大了不要像我一样，做这么苦的事。

◎我想好好学习，考上大学，再也别像父母一样没文化，再也不让他们扫马路、打扫卫生了。

◎我爸爸常对我说：你要好好学习，长大当大官，既有权又有钱，还不受人欺负。

◎我家是卖菜的，虽然很贫穷，但我一定会好好学习，一定要出人头地。

◎我知道爸爸挣钱不容易，我知道这个社会不公平。

◎我恨我们那里的领导。

……

无情的现实不仅仅在孩子幼小的心灵上种下了感恩、回报的温情，也种下了对金钱、权势的盲目崇拜，甚至对社会无知的嫉妒、仇恨。

李守义还专门做了一项打工子女家长教育水平调查：100名家长中，大专以上学历1人，高中12人，初中32人，其余均为小学水平以下。而家长们在金钱、时间、教育等各种能力都十分欠缺的情况下，为什么还要把孩子紧紧地带在身边呢？

首先是情感上的需要，哪个家长不希望一家大小团团圆圆？

最重要的是，生活的经历已经让这些常年外出打工的家长们体会到了知识的重要性，希望自己的孩子接受更好的教育，将来过更好的生活。最终，越来越多的家长温情地把孩子接到了身边，有能力、符合条件的，送进公办学校。不符合条件的，送进比家乡条件好的打工子弟学校。

一个个触目惊心的差距，刺痛着出生农家的李守义。

一句句朴实简单的话语，坚定着李守义"老骥伏枥，志在打工子弟教育"的决心和行动。

李守义知道，将来这些打工子女绝大部分不会再回到农村，他们长大了就是这个城市的市民，如果今天他们不能接受良好的教育，将来这个城市就会增加一批没有文化的公民。

李守义更明白，同情和怜悯不能改变现状，只有行动，才有希望。

好习惯伴我行

习惯一旦养成，素质必定提升，且终生受益。他要把孩子们培养成行为美、心灵美的合格公民。

一首首朗朗上口的歌谣，张贴在小小的校园，悬挂在窄窄的走廊，书写在方方的板报里，时时刻刻，孩子们穿行在文明礼仪的画廊中。

小男孩肩背天蓝色书包，挺胸抬头，脚步稳当，紧靠着右手边，走过十几平方米的大厅。十字相间的过道边，右拐是二年级的教室，正前方是教研室。

他的教室呢？在左手边。

大厅里空空荡荡，他仍然像个小绅士，没有就近斜插过去，而是继续往前走两步，越过横在眼前的东西过道，左拐弯，顺着窄窄的走廊往里走，仍然靠着右手边，一步步走向尽头的二（1）班教室。

……

李守义从二楼的办公室出来，一低头，看到了楼下正穿厅而过的小男孩。

他悄无声息地跟随着、观察着。

"靠右行，走直角！"孩子们这么遵守学校定下来的规矩！

"行为美、心灵美的少年，在我们星河双语学校像一颗颗小星星，真的亮起来了！"李守义一路欣慰地看着、笑着。

长期从事基础教育事业，李守义清楚地认识到，公办学校校长办学思想不端正，只重视智育，忽视德育体育，会给孩子造成"半瘫"；打工子弟学校校长的办学思想如果不端正，一心为了挣钱，只抓安全，忽略德智体，会给孩子造成"全瘫"。因此，为弥补打工子女在教育上的缺失，缩小他们和城市孩子的差距，使他们更快、更好地融入城市，就要抓住特点，因材施教，特色办校。

因此，经过一番认真地调查和思考，他有了明确的办学思路，既着眼于孩子现存明显的"基础知识差、基本能力差、基本习惯差、心理素质差、眼界视野差"等"五差"，更着眼于孩子成年后融入社会、适应发展的需要，以"习惯养成教育"和"双语教育"为基本抓手，以培养"好公民"为目标，开始了打工子女教育的探索和实践。

星河双语学校分别在开始了"习惯养成教育"。

"习惯养成教育"是一个庞大的系统工程。而在星河，围绕学生生活习惯、文明习惯、学习习惯，学校、家庭、社会三方面教育紧密结合，形成细致而微小的抓手。每一种习惯要求都有一首朗朗上口的歌谣，张贴在小小的校园，悬挂在窄窄的走廊，书写在方方的板报里，孩子们时刻穿行在文明礼仪的画廊中。

一个个贴近实际，小而微的事情，通过学校"导"、教师"教"、家长"帮"、学生"学"的捆绑式推进，点点滴滴，日日月月，塑造着孩子们的品德和行为。

这些微言大义的要求，更凸显出星河对打工子弟教育真诚而长远的关爱。

星河双语学校"习惯养成教育"主要内容

◎**目标**

培养习惯，奠基人生

◎**主题**

好习惯 伴我行 我快乐 我成长

◎**重点**

懂礼貌、守纪律、讲卫生、爱学习、健身心、会做人

◎**追求**

让懂礼貌，成为一种风气

让守纪律，成为一种自觉

让讲卫生，成为一种常态

让爱学习，成为一种兴趣

让健身心，成为一种追求

让会做人，成为一种灵魂

并且，针对六个"重点"、六个"追求"，提出了更具体的、有章可循的要求。

比如，"守纪律"中，要求做到"九有序"；"健身心"中，要求做到"四自"、"四凡"。

◎**"九有序"**

进门有序、早自习有序、上课有序、课间有序、活动有序、打饭有序、如厕有序、午休有序、放学有序。

◎**"四自"**

自理、自立、自信、自强

◎ "四凡"

凡是自己能做的事，都要自己做，培养自理自立能力

凡是遇到困难不惧怕，相信办法总比困难多，培养自信精神

凡是取得成绩不骄傲，受到批评肯接受，培养虚心和承受能力

凡是遇到挫折不气馁，努力攀登争上游，培养自强、自胜精神

尤其是在"会做人"中，以"三百"、"五节"为载体，以"六个负责"为抓手，以"四以两助"来修身，实现人生品质无短板。

◎ "三百"

100%的学生，在校有责任岗

100%的学生，在校有互助岗

100%的学生，在家有劳动岗

◎ "五节"

三八节、父亲节、母亲节、教师节、重阳节为学生感恩教育节

◎ "六个负责、六爱"

对自己负责，自己的事努力做，爱自己

对他人负责，他人的事帮着做，爱他人

对集体负责，集体的事争着做，爱集体

对家庭负责，家庭的事尽力做，爱家庭

对社会负责，社会的事不忘做，爱社会

对国家负责，国家的事长大做，爱国家

◎ "四以两助"

以让人为荣，以容人为快

以助人为乐，以谢人为本

助人不索取，助己必感恩

"圈养"＋"放养"

星河学生伤残事故一度成为全国学校安全教育的典型案例，不少学校尽量减少体育活动，独独"肇事者"没有"收敛"。

100名小选手像一只只快乐的小鸟，飞过天安门广场，飞过人民英雄纪念碑，提前15分钟终结5公里长跑。

2009年12月18日，一个阳光灿烂的快乐日子。

上体育课了，煦暖的太阳，活泼的孩子，亲密地热闹在一起。

折返跑，在星河小小的操场上欢快地进行着。一跑道的赵亮亮展开双臂，像老鹰一样，猛冲向第二跑道的小美，小美猝不及防，连环撞向第三跑道的小飞。小飞猝然倒地。

患祸，也在无羁的童真中酿出。经积水潭医院救治，小飞被诊断为肱骨外踝骨骨折，尺骨冠突骨折。法庭科技鉴定小飞所受的伤害已构成八级伤残。

孩子都是父母手心里的宝，容不得半点磕磕碰碰。小飞的父母将星河双语学校以及赵亮亮、小美诉至朝阳法院，索要赔偿20

余万元。法庭上，星河双语学校称做游戏之前体育老师已经对所有学生说明了规则及需要注意的事项，已经将安全教育到位，学校作为教育管理机构对学生的责任是教育管理责任，对原告的受伤没有责任。

赵亮亮和小美的家长均表示，学校是有责任的。

法院审理认为，星河双语学校依法负有对小飞等三人教育、管理、保护的义务，学校应该依法承担一定的赔偿责任。赵亮亮作为限制民事行为责任人，因其行为导致小飞最终受伤，依法应由其法定监护人对小飞的损害后果承担相应的民事责任。

最后，朝阳法院一审判决星河双语学校赔偿14万余元，赵亮亮的监护人赔偿3万余元。

接到判决书，李守义郁闷了好多天。14万元的赔偿金对一个刚刚起步的打工子弟学校来说，不是小数目。但他更为教育法律法规的不健全而忧心。

在体育课上，在孩子们锻炼身体、做运动的时候，在孩子们因为生理年龄所限对安全事故缺乏预先判断的情况下，谁敢保证这种意外不会发生？事故，完全是不可预测，难以避免的。关键是，我们国家在这方面还没有一个明确的法律法规来保护学生和学校双方的利益。凡在学校出了安全问题，有关方面一并把板子打在学校身上。学生无疑是弱势群体，难道学校，特别是打工子弟学校就不是吗？

一时间，星河双语学校的学生伤残事故成了北京市，乃至全国各中小学安全事故教育的典型案例。不少学校吸取教训，或减少体育课，或停止社会活动，或缩短学生在学校自由活动时间，唯一的目的就是避免事故，少惹麻烦。

可是，独独"肇事者"星河双语学校，没有"收敛"。体育课要上，早操、课间操要上，课间活动要搞，体育竞赛要参加，各种实践活动一个也不能减少。

其实，总结教训，李守义更深入地思考着一个问题：对来自农村广阔天地"放养"惯了的打工子弟，是森严的"圈养"好呢？还是二者结合起来更好？一味地"放养"肯定不行，但是整天"圈养"在教室里，把他们一个个培养成"小豆芽""小胖墩"，那更不是教育为国家培养健全人才的目标。

李守义清醒地认识到，这些来自农村的孩子原来的生存环境、现在的家庭状况都限制着他们的视野，学校教育就要因材施教、扬长避短、查缺补漏，想办法弥补他们的缺失，收敛他们粗野的行为，拓展他们狭窄的见识，打开他们闭塞的心灵空间，"圈养"和"放养"有机结合，才是最好的教育方式。

当下，星河正在实施的习惯养成教育正是"圈养"的最好抓手。而"放养"就必须让孩子们走出教室，走出校园，走向社会，走向大千世界。

所以，碰撞事故发生后，李守义坚定地对星河双语学校的教职员工们说："我快乐，我成长，是我们学校习惯养成教育的主题，为了孩子们健康快乐成长，再困难，再危险，我们也不能因噎废食，一切按教学计划进行。同时，我们一定要尽职尽责解决困难，一定要尽善尽美避免危险。"

一切教学，雷打不动，按新学期原定的计划进行着。

2010 年 4 月 18 日，又是一个欢欣鼓舞的美好日子。

距离李守义及学校师生难忘的 2009 年 12 月 18 日，仅仅 120 天。

9：00，以"快乐长跑，活力北京"为主题的北京国际长跑节，在雄伟的天安门广场前，鸣枪开跑！

8 岁以上的青少年，至 60 岁以下的成年人，黄皮肤，白皮肤，黑皮肤，棕皮肤，男人，女人，中国人，外国人，万余名长跑爱好者，从天安门出发，飞奔向先农坛体育场。

2 月初，举办方给了星河双语学校 3 个名额。

"3 个不行，至少要给 100 个！"

"老李，你省省心吧，别好了伤疤忘了痛！"看李守义轰轰烈烈的样子，有人急忙劝阻。

其实，李守义伤疤至今未好。只是，他热心教育的激情常在，他热爱孩子的热情长存。他清楚地知道，北京国际长跑节是具有 53 年历史的国际品牌赛事，让孩子们为创造"人文北京·科技北京·绿色北京"增光添彩，让孩子们更进一步融入"世界城市"北京，这是一个多么难得的机会啊！

100 个名额努力争取来了，孩子们踊跃报名。

"长跑不是嘴上吹下来的，是靠双腿一天一天练出来的，一步一步跑下来的，每一个参赛者都必须是一匹好马，不能滥竽充数！"集训动员会上，李守义向师生们提出严格要求。

课余，学校组织学生，进行正规、严格的长跑训练，优中挑优。

两个月后的 4 月 18 日，一声枪响，来自星河的 100 名小选手，健步如飞，像一只只快乐的小鸟，轻捷的小鸟，飞过天安门广场、人民英雄纪念碑、前门大街、天桥南大街、永定门，提前 15 分钟终结 5 公里长跑，飞抵先农坛体育场。

一阵热烈的掌声为这群年龄最小的选手们响起。

比赛后，孩子们纷纷写下感言：

◎第一次站在天安门广场，第一次奔跑在北京的大街上，第一次看到人民英雄纪念碑，我真高兴，感谢老师给我这次机会；

◎通过这次长跑，我明白了在困难面前不能退缩，坚持就能胜利。最困难的时候，也是距离胜利最近的时候，一定要坚持，坚持。

◎这两个多月虽然天天跑步很累，但我还是坚持下来了，最后我胜利了，我觉得自己很棒，我为自己点赞。

◎和那些大人们一起长跑，我觉得自己长大了，很自豪。

◎第一次，我来到了天安门广场，我爱北京天安门！

……

这一句句发自内心的话语，不正是李守义力争孩子们参加活动的初衷吗？

正如他所说："课本无法解决所有问题，只有参与体验，亲身感受，才能取得更大进步。"

接着，学校组织开展了"千人看北京，千人照北京、千人写北京"大型活动，全校1500多名师生，30多辆旅游大巴，排列在校园外长长的街道上，成为一道靓丽的风景线，众人瞩目，好评连连。

北京市八大博物馆启动仪式，也在这条窄窄浅浅的胡同里举行。星河可以随时组织孩子们，走进北京自然博物馆、中国国家博物馆、中国地质博物馆、中国古动物馆、中国科技馆等博物馆，领略蕴藏其中的历史文化。

凡是对孩子们成长有益的，李守义从不反对，从不拒绝。

建校以来，北京市志愿者协会、朝阳区团委、北京第二外国语学院、新华社、人民日报社、钟盛公司、均豪物业、芳草地国际学校、南都公益基金会、华谊兄弟会、音乐之帆、《北京晨报》、国美电器、新晨阳光公司近30家单位，在星河建立了帮扶基地，定期以资金扶持、派出人员来校指导、组织外出活动等形式，开展手拉手活动，学校组织社会活动近千次，学生参与上万人次。丰富多彩的活动不但让打工子女感受到来自社会越来越多的关爱，更让他们看到了五彩缤纷的世界，进而在蓬蓬勃勃的心田里，点播下了一颗颗理想的种子。

　　"圈养"＋"放养"的最佳教育模式，使星河双语学校成为北京市千千万万打工子女最追捧的一所，成为芸芸银河系中星星之光最灿烂的一颗。

李守义语录

　　课本无法解决所有问题，只有参与实践，亲身感受，才能更快成长。

花儿朵朵开

让好习惯伴随孩子一生，让孩子们做时代的好公民，是李守义的教育首选。

耳濡目染，不知不觉，在"习惯养成教育"熏陶中，行为美、心灵美的"两美"少年，花儿朵朵，开满星河。

有个姑娘叫苗悦

苗悦胖嘟嘟的笑脸，像可爱的红苹果。

父母忙着做建材生意，少有时间陪伴她，更是疏于管教，只是一味溺爱。

这个家里最小的孩子性情乖戾，像个刁蛮的小公主。家里请来保姆专门照顾她的生活，可稍不如意，她便赌气摔打，一周竟然气走了6个保姆。

在学校，她也是个自由散漫的学生。上课从不认真听讲，不是瞎摸着玩，就是恍若无人地呼呼睡大觉，从来不写作业。因为鸡毛蒜皮的小事小节，满嘴脏话和同学大吵大闹，甚至不知轻重地动手动脚。

更让老师头疼的是，她还经常逃学，让学校、家长惊恐不定。老师训导她，就和老师吵架，一句话不顺耳，还敢向老师挥拳头。

瘟神一样的孩子，哪个学校敢收留啊。小学三年，苗悦转了 8 所学校。

父母唉声叹气，失望极了。进星河这所民办学校接着上四年级，已经是父母穷途末路的选择了，也是苗悦转的第九所小学。

第一天上午，班主任聂岩双老师第一节课已经讲到一半了，她才赶来。

第二天，又是老师正讲课时，她气喘吁吁地出现在教室门口，红扑扑的苹果脸上，闪动着细密的汗珠。

看她慌慌张张的样子，同学们都不约而同地被逗笑了。

聂老师没有笑，而是看了看悬挂在讲台上方的钟表，认真地说："苗悦同学，今天你迟到了 21 分钟，比昨天提前了 6 分钟，说明你有进步。看你累得满头大汗，可见你在想着以最快的速度赶往学校，说明你主观上愿意来学校了，也是进步，就凭这两点，老师就应该表扬你！"

苗悦像一朵含羞的小花，绯红着脸，低着头，怯怯地走到座位上，静静地盯着聂老师。

第三天，苗悦竟然没有迟到呢！聂老师又表扬了她。第四天，她提前几分钟来到教室，开始和同学们一起读书。

……

人之初，性本善。

"她还是个可塑性很强的孩子呢，只要我们拿出教育责任，有耐心，不放弃，会很快好起来的。"聂老师说。

其实，当愁容满面的父母来央求星河双语学校收下苗悦时，李守义就把她安排到全校最有爱心、最负责任的聂岩双老师班上。也是在那一天，聂老师就向家长详细询问了她的基本情况。她一走进四（1）班教室，聂老师就细心地观察着她的一言一行。

抓住苗悦转变的好时机，聂老师经常在课后和她自由自在地聊天，倾听她的心理需求，并不时和家长沟通，联手教育孩子。

短短一个月，聪明的苗悦像变了一个人似的。按时睡觉、起床、上学，从来不迟到了，上课认真听讲，积极回答问题，主动完成作业。期末考试，她数学考了 94 分，语文 90 分。苗悦高兴极了，白里透红的圆脸，像秋天成熟的红苹果，洋溢着甜甜的笑意。

小学毕业时，苗悦以优异成绩考上了北京市 144 中学。上学期，她考试成绩名列全年级第 18 名，地理成绩尤其好，全年级第一，是班里的地理课代表。

"重阳节"时，学校对学生进行感恩教育，苗悦亲手编制了一个红红的"中国结"，送给校长李守义。这个结满孩子爱心的礼物，挂在李守义车上。每当上午开始一天的工作，晚上带着一身疲惫归家时，红红的"中国结"像一只美丽的蝴蝶，兴高采烈地飞舞在面前。

想起那个胖胖的、聪明的小姑娘，李守义一脸为人师表的幸福。

星光耀灯城

穿越马路，星河学校斜对面就是美联天地灯城。

琳琅满目的灯具，熠熠生辉；车水马龙的人流，熙熙攘攘。可是，这一切繁华与喧嚣，遮掩不住窄窄浅浅胡同里，闪闪烁烁的星星之光。

四年级学生王艺梦的父母在这里开着一家快餐店。每天写完作业,勤快的小艺梦就开始了她的"家庭劳动岗",帮父母收拾碗筷。

那天,她慌慌忙忙收拾好一拨客人用过的碗筷,急匆匆地跑向街角的公共卫生间。一抬头,发现小隔间吊钩上挂着一个鼓鼓囊囊的黑色塑料袋。

打开一看,有几沓现金,还有银行卡!谁忘记的呢?主人该多着急啊!聪明的小姑娘把袋子抱在怀里,站在卫生间门口不动声色地等失主。

五分钟过去了,不见人找来;十分钟过去了,还不见人找来。小姑娘紧张起来,如果回家,这么多钱失主找过来见不到该多着急啊!可是,这么长时间不回家,爸妈也会着急啊!

正不知所措,灯城办公室的工作人员来上卫生间,发现了神情紧张的她。

总服务台通过广播寻找失主,很快一个在灯城开店铺的唐山人惊魂不定地来了,袋里3万多元现金是她准备存银行的几天营业额。她十分感激,当即拿出500元,硬要塞给小艺梦。

她坚决地推辞着:"我不能要,在学校老师经常教育我们要拾金不昧,这是我应该做的。"

美联天地灯城的总经理十分敬佩这个小姑娘,亲自把她送回家。第二天,他又给一路之隔的星河双语学校送来了感谢信,一张红彤彤的大纸上,写满了对师生的赞扬。

继父本来就十分喜欢这个活泼勤快的女儿,这件好事,让他更为自家懂事的女儿骄傲了,跑到商场买来一个美丽的芭比娃娃,这是女儿最喜欢的礼物。

暖烘烘的手套

杜显烨和别的孩子一样，从小娇生惯养。生活中的大小事常常推给父母替他做，稍不如意，还会冲父母乱发脾气。

周末晚上，常常无节制地玩耍。第二天，大太阳爬上床了，他还蒙头酣睡着，任家人怎么喊叫，哼哼唧唧，就是赖着不起床。

又是一个周末，早晨，妈妈早早到潘家园市场卖货去了。市场上，寒风飕飕，冷冷清清。妈妈无奈地搓着赤裸裸的手，不停地跺着冻得麻木的双脚。

这时，杜显烨跑来了，红扑扑的小脸上，沁着细细的汗珠。

"妈妈，妈妈，我不会开煤气灶煮热杏仁露，只好在开水里泡热了，跑着给您送来，天太冷了，您赶紧趁热喝下去，暖和暖和身子。"两瓶温热的饮料，裹在妈妈的大手套里，抓在杜显烨的小手里，揣在他贴身的两个小口袋里。

他一边要妈妈戴上暖和的手套，一边急切切地打开温热的杏仁露，塞进妈妈手里。

看着妈妈幸福地喝完了，他还顽皮地逗妈妈说："妈妈真粗心，这么冷的天竟忘记戴手套，幸亏我发现了，要不然您的手可就要受罪啦。"

听着儿子天真的话，妈妈心里热乎乎的。可私心里，妈妈却认为这孩子肯定是一时心血来潮，没事和自己闹着玩呢。

晚上，妈妈要帮杜显烨收拾书桌，他却推开妈妈的手，认真地说："妈妈，老师告诉我们要知道感恩父母，要自理、自立，做好公民。您以后不要再处处替我做自己应该做的事，我为您做事也是应该的。"

"哦，我的孩子长大了！"

一天天惊喜地看着孩子的变化，妈妈发现原来那个霸道的"小皇帝"变了，变成了一个勤劳可爱的"小公民"。

常胜将军

邓瑞同学在坐姿和听讲方面都是全班同学的好榜样。每节课，他都坐得端端正正，听讲认认真真，常常成为班级"每堂一评"的常胜将军。良好的习惯，使邓瑞学习成绩越来越好。参加北京市"希望杯"数学邀请赛，获得第五名的优异成绩。参加第十五届华罗庚数学竞赛，获第八名。在北京市重点中学选拔赛中，被北京工业大学附中录取。

其实，邓瑞的父母经老乡推荐和多方了解，五年级时，才把他送到了星河。没想到短短两年，小小少年发生了天大变化。

原来，他在老家一所农村小学读书，该上五年级了，还没有学过英语。而星河的办学特色就是强化英语教学，注重英语能力培养，小学英语教材和剑桥英语两种教材并列开设，这一特色优势恰好给先天缺失英语教育的邓瑞，提供了一个坚实可靠的后天弥补机会。

短短两年，他的英语水平突飞猛进，由初学者变成了同龄孩子中的佼佼者。星河的另一特色，习惯养成教育，更是注重培养孩子的良好学习习惯。课堂，作为学习习惯养成教育的主战场，老师要求非常严格。课下，有检查、有落实、有监督，使邓瑞树立了严谨的学习态度，养成了良好的学习习惯。

初中，他的成绩依然很好，一直担任团支部书记，先后被评为校级、区级、市级三好学生。

现在，邓瑞正在老家江西一所重点高中备战高考，相信有优秀成绩和良好习惯支撑，他一定能考上理想的大学。

向老师学习

佩利说：美德，大多存在于习惯之中。

苏格拉底说：好习惯，是一个人在社交场中所能穿着的最佳服饰。

一个小男孩上学、放学的路上，总是顺手捡起地上的垃圾。

星河双语学校管理德育的沈主任听学生说了，就特意跟随着观察了一段时间，是真的，一点不假。

一天，他找到这个学生的班主任张丽波老师问："你们班有个叫邓乐云的孩子吗？"

"有啊，他闯祸了？不可能吧，他可是个明礼守法的孩子啊。"张老师惊异地说。

张老师没有想到，她一个不经意的小举动，会对孩子产生这么大的影响。原来，上上周，课间操时，她看见脚下有一个食品袋，就顺手捡了起来。

沈主任问邓乐云："你为什么见到垃圾就捡起来？"

邓乐云率真地说："我看见张老师那样做了，我向老师学习啊。"

李守义语录

让孩子像一颗小星星，发出自己独特的光辉。

小岗大责

星河，100%的学生在校有责任岗，100%的学生在校有互助岗，100%的学生在家有劳动岗。

三个"100%"，岗位小，责任大。学校、家庭、社会联动，点点滴滴，都在塑造着孩子们的责任意识，互助精神，感恩情怀。

开关成自然

每天早上一走进教室，插上电源，打开饮水机。每天下午放学，再关上饮水机，拔下电源。这是郑梦雅在班里的责任岗。

这些简单、重复、枯燥的小动作，她竟然没有忘记过一次。

欢活喧闹的孩子，细微的事，为什么做得这么好？

郑梦雅仰着可爱的小脸，顽皮地一笑："为什么？我也不知道！"

哦，原来她是这样想的。刚开始觉得这是自己争取来的岗位，一定要做好，怕忘记，就天天上学前、放学前提醒着自己。后来呢，就习惯成自然了，每天进教室第一件事，就是先到教室前的课桌边，插上电源，打开饮水机，老师、同学就能有热水喝了。

小小饮水机，开关成自然。

小事情，培养着孩子的大责任，树立着大意识。

看妈妈笑

谢明杰，一个内向腼腆的小男孩。

在家里，他每天的责任岗除了扫地，还要为操劳一天的妈妈打来热水洗脚。

他也从一开始，从没有忘记过一次。

他笑微微地说："妈妈带我和哥哥在北京生活不容易，我年纪还小不能帮妈妈分担大事，就想帮妈妈洗洗脚，洗去妈妈一天的辛劳，看着妈妈开心的笑，也是我一天里最快乐的事。"

每天，看妈妈笑，成了谢明杰好好学习的动力，快乐成长的源泉。

我不能当标兵

樊秋华拒绝当班里公选的"助人为乐标兵"。

为什么呢？

他认真地说："我在班里的互助岗是帮助同桌学习英语，可他这次考试的成绩是67分，距班里的平均线差6分，拖了班级的后腿，这说明他进步还不够大，我有责任。我和他都需要再加油，再努力！"

终于，把同学帮到高于班级水平线上，樊秋华又被班级公选为"助人为乐标兵"。这次，他欣然接受了。

他十分珍惜这个光荣称号。

买　表

终于，管航把父母给的零花钱积攒起来，凑够了 28 元，买来一块新手表。

他戴着新手表，心里踏实了。

他在班里的责任岗，是每天课间操后督促同学进教室，按时上课。

以前，自己没有手表，时刻围着有手表的同学转，不停地问，总怕晚了。

现在，天天都不怕了，同学也不会疯玩过头，耽误老师上课了。

第六章

双语动京城

随着经济全球化和信息化社会的到来，国际交往日趋频繁，英语作为一门国际通用语言和日常交流的重要媒介，其地位和作用愈显重要。全面提高英语教学水平，不是一般的教学问题，已经上升到影响我国对外开放程度和经济建设的重大问题。

李守义既立足现实，又高瞻远瞩。

他说："打工子弟诸多课业缺失中，英语缺失最严重。如果我开办的学校不能让学生掌握英语这门工具，未来缺失的就是发展机遇，就是竞争力，就是他们幸福生活的源泉和对国家发展的贡献。"

"双语办学"，不仅要强化英语教学，中国传统文化教育更是需要进一步强化的部分。

对此，李守义深有感触："我从小家里穷，除了读好课本，还要干很多农活儿，我们中华民族上下几千年的优秀传统文化，我知之甚少。这必然影响到我的思考、梳理、表达能力，进而影响我一生的发展空间。"

打工子弟同样有这样一个看得见的缺失。所以，在力所能及的教育范围内，李守义要尽心竭力来弥补。

在官方教育教学考评中，打工子弟学校不要求参与所在地考试、综合评定，应付办学、关门办学、安全办学，不求有名，只求安宁，是不少打工子弟学校的办学理念和现实状况。所以，在很多人心目中，打工子弟学校只与常规教育、生活管理等普通义务教育有关，而与"双语教育"这一"高大上"的教学模式，风牛马不相及。星河实行"双语教学"，是北京市打工子弟学校中的第一家。

还有多少理想没有实现？ 还有多少遗憾有待弥补？

在星河的不懈探索中，暗淡的星星会闪闪发光！

随着父母工作的变动，随迁子女诸多课业缺失中，英语几乎是不见一点生机的沙滩。

强化英语教学，孩子听不懂，家长不支持。怎么办？他现身说教，现场感化，带出群体的热情。

"你们并不比北京的孩子差！"

这是李守义和星河的教师们常常对学生们说的一句话，就是为了让打工子女消除自卑心理，增强自信心。

一接手星河，李守义就提出自己的办学思路，要特色办学，要办有生命力的学校，要弥补缺失，缩小差距，要让打工子女向城市孩子靠齐，为自己扬眉吐气。

强化英语教学，是星河双语学校创办之初选择的一大强劲课题。

新学期13个班的298名孩子，都向家长拿回了一张通知单，粉红色的纸上写满了星河强化英语教育的意义，提高英语素质对孩子成长的重要性，并通知每人缴纳5元本学期的英语教务费。

三天过去，竟无一人报名响应。

"按新学期计划开课！"李守义对老师们说。但他不信这个"邪"，他要亲自主持召开全校学生家长会，争取大家的支持。

"由于不会英语，我出国时连杯热水都要不来，不能让咱们的下一代再因为英语瘸腿无法与外面的世界沟通，更不能因为英语的缺失而错过许多发展机会。"

李守义激情充沛，从自己要不来一杯"hot water"说起。

一年夏天，他出国到新加坡考察教育。飞机上，他想喝热水，而笑意盈盈的空姐送上来的，却是一杯凉凉的水。

年轻时，因为天热一时冲动吃下二十根冰棍之后，李守义无所畏惧的肠胃就彻底崩溃，再也不敢进凉食，否则，就会刺激胃疼，胃出血。

在异国他乡的飞机上，李守义更不敢造次。

口干舌燥的他，怎么和空姐比划，都讲不明白。

"哦，热水，hot water！"

关键时候，还是近旁的一名中学生突然明白，帮他解了急。

"对，hot water，hot water！"李守义得了救命水一样，激动地重复着。

"hot water！""hot water！""hot water！"…

从此，李守义不仅死死地记住了这个词组，至今还清清楚楚地记得那个尴尬的索水过程。

"我不能让我的学生们像我一样，连一杯hot water也要不来！"

李守义告诉家长，学校对在校学生进行了认真地了解，随着父母工作的变动，随迁子女诸多课业中，英语缺失最严重。不少孩子根本没学过英语，家乡的学校每周设有一节英语课，却只是摆设，被其他的科目占据了。五年级的学生中，有三分之一，26个简单的英文字母都不认识……

"孩子们进了北京城，就是北京人。北京城随处可见金发碧眼的外国人，不会英语，听人家叽里呱啦地在我们的国土上说着外国语，咱们首都人只会傻笑，好不好？"

"不会英语，将来在北京这个国际大都会，孩子就进不了外企工作！不会英语，更走不出国门！"

……

从一杯难得的"hot water"，引发出一次感人的教育，一次生动的教学大会。

李守义动情的现身说教，半个小时过去，174名家长现场报名缴费。一名家长掏出10元钱，交给老师说："别找了，算我孩子下学期的费用吧。"很快，英语实验班在全校13个班298名孩子中顺利开课。

当时，国家规定小学三年级以上每周三节英语课，星河从一年级开始抓，每天上两节英语课，每周十节。使用统一的小学英语教材之外，还加入了剑桥英语教材。

紧接着，根据学生的学习热情，星河开设了不同档次的英语强化班。家长热情支持，孩子热心学习。很快，星河32个班的1500名孩子，全部开设着与众不同的强化英语教学课程。

星河现有的57名一线教师中，有12个专职英语教师，还配备了专职的英语副班主任。学校还不惜重金，专门聘请来2名外籍教师，以纯正的英语、丰富的教学经验，提高孩子们的口语表达能力，增强英语综合素质。

十年校庆时，学生的全英语主持，三个全英语节目表演，赢得一阵阵惊异而热烈的掌声。

不少学生的家长幸福地惊叹道："怎么也没想到我们来自乡村的土孩子，在星河变得这样时尚、现代！"

强化英语特色教育，在北京市打工子弟学校中，星河双语学校是第一家。

李守义语录

在办学中探索，在探索中办学。

单词磨成句

第一次交上来的作业，"四线三格"形同虚设，有的连 26 个字母都不能准确书写。

怎么教啊？薛辉老师愁眉苦脸，不知从哪里下手。一点点耐心地磨，就像"铁杵磨成针"的古代老妪，终把单词磨成句。

薛辉老师毕业于北京市第二外国语学院。上大学时，他就来星河搞过"大手拉小手"活动，对学校充满了向往。真正天天和这些孩子学习、生活在一起之后，他慢慢失望了，甚至自卑起来。

五年级的学生第一次交上来的作业，本子上的"四线三格"形同虚设，近一半的学生不能规范书写，有的甚至连最基本的 26 个字母都不会书写。

班级容量大，水平参差不齐，学习兴趣低，基础差……

面对这群学生，薛辉一时不知道该从哪里下手。

向校长李守义汇报，请求指导，和教师们交流，讨取经验，薛辉的思路一点点打开。每个孩子都有其独特的特性、兴趣、能力和学习需求，老师要根据学生的需要设计课程，而不是让学生去适应课程的需要。因此，教师必须根据学生的不同特性，开展多样化的教学，满足不同学生的需求，才会达到预想的目的。经过一番苦恼和艰难地思索，薛辉决定尝试着用自己的"分层教学助推后进生前行"四步法，来一步步改变现状。

家长会上，薛辉老师表达了自己"改变现状，争取进步"的决心，并要求家长、学生全力配合。

第一步：降低标准，体验成功。

第一周，他没有讲授任何新课，而是和学生共同温习26个字母的书写笔顺及"四线三格"规范使用。一个月后，全班同学都能做到规范书写。

第二步：互助互学，增强信心。

他协同部分学习成绩好的同学，开展为期一个月的一对一帮扶工程。

努力，就有收获。本学期期中考试成绩从上学期期末考试的平均35.2分，提升到44分；及格率也由上学期的1.7%，上升到本学期的21.8%；优秀率也突破了"0"，一人达优。

这期间，发生了两件让薛辉老师和学生们记忆深刻的事。

一天，薛老师让大家齐读课文。期间，他偶尔一瞥，有了一个惊人的发现。

学生读完后，薛老师激动地说："同学们，昨晚我偷偷拜师刘谦，现在给大家变一个魔术，能让你们认为读不下来这篇课文的同学流利朗读，大家信不信？"

"不信！"

"那请把你们认为不会读的同学名字写在纸条上，交给我。"

同学们"如数家珍"，王相红是其中之一。

"好，首先请王相红同学朗读，如果这位同学配合老师的魔术，读下来怎么办？请大家给她三分钟的掌声好不好？"

"好！"

一致赞同中，分明充满了怀疑的挑战。

What's your name？

第一句流利地读下来了。

教室里，鸦雀无声。

My name is zhanghua.

第二句顺利地读完了。

教室里，满是支棱起来的小耳朵。

How old are you？

第三句又顺顺溜溜接下来了。

教室里，满是瞪得溜圆的大眼睛。

……

一共六句，王相红小河流水哗啦啦，顺顺畅畅，读完了。大家齐回头，掌声潮水一样，涌向后排的王相红。

随后，班里掀起了比赛朗读课文的热潮，并且大家竞相和王相红比赛。

看到这幅踊跃学习、竞赛的场景，薛辉老师不禁窃喜："五（2）班真是变了！"他没想到，课堂上自己偶然的一瞥，发现平时不爱说话、不开口回答问题的王相红，读书的口型竟然和课文一一相符。

一个小小的发现，一个小小的引导，带来了班级的大变化。

还有一件小事，足见一片师生真情。

"曹仁轩，41分。"单元测验后，薛辉老师像往常一样发试卷，念成绩。

"Oh，Ye！"老师的话刚一出口，曹仁轩就兴奋地叫出声来。

看曹仁轩欢呼雀跃的样子，有同学不屑地笑了。

薛老师却看着他，会心一笑。

是啊，曹仁轩应该兴奋。他是班里的后进生，英语成绩倒数第一名，一直徘徊在二三十分，这次突破三十分，考到四十分以上，对他而言一定下了一番工夫，也是很了不起的大进步啊！

当即，薛老师以曹仁轩为例，鼓励大家再努力，争取更大的进步，并让同学们为曹仁轩的进步鼓掌。

随后的期中考试，曹仁轩又往前迈了一大步，考了55分。

第三步，挫折训练，激发潜力。

基础打牢之后，薛辉老师给班级提出了一个新的目标："保合格，促进步。"并且经过一番对比分析后，给班级确定了一个强大的竞争对手："英语基础扎实、水平均衡的五（1）班！"

同比，本学期期中考试五（1）班及格率由上学期期末的42.1%，上升到100%，优秀率从上学期的8.8%，上升到本学期的56.9%。

同比，本学期期中考试，五（2）班及格率由上学期期末的1.7%，上升到21.8%，优秀率上学期为"0"，本学期仅一人达优！

"五（1）班，个个英语成绩如狼似虎！"

"我们五（2）班和五（1）班比，是鸡蛋碰石头，非粉身碎骨不可！"

"老师疯了吧！"

"老师太狠心了！"

五（2）班的孩子们一个个气得直跺脚。

看孩子们一边愤愤不平，一边憋着劲儿争分夺秒地读背、书写，薛辉偷偷笑了。

他就是要激励这些充满朝气和活力的孩子们，跳起来，蹦起来，摘果子；他就是要让他们在强势的竞争对手中，增强耐挫力，激发出潜力。

第四步，立足课本，综合提升。

英语教学最终要落实到听、说、读、写的实际应用中。平时练习，薛辉老师注重培养学生的阅读及写作能力，并充分利用每月两次的外教进课堂，不断提升学生的英语综合水平，尤其是口语交际能力。

期末，五（2）班及格率由期中的 21.8%，上升到 61.5%；第二学期，五（2）班期中考试及格率上升到 78%，优秀率 5.5%。

经过两个学期的分层教学，期末考试时，五（2）班平均分由原来的 67 分，上升到 87 分，及格率达到 96%，优秀率达到 62.3%，超出年级总平均 7 分。

古语云：只要功夫深，铁杵磨成针。

年轻的薛辉老师，就像抱杵磨针的古代老妪，一天天不厌其烦地引导着学生们，一个个字母，一个个单词，磨呀磨，磨呀磨，磨出了一个个精灵古怪的单词，磨成了一串串叮叮咚咚的句子，磨炼出一个个金光闪闪的成绩。

五（2）班的学生们，再也不害怕英语了。

薛辉老师探索实施的"分层教学助推后进生前行"四步教学法，获得了星河教学创意大奖。

大手拉小手

　　每周二下午，星河就成了欢乐的海洋。来自北京市第二外国语学院的 60 多名大学生和 1000 多名孩子，畅游在英语的海洋中。

　　为了随时、随处营造学习英语的良好氛围，老师们挖空心思，见缝插针，让英语无孔不入，无处不在。

　　每到星期二下午，星河就变成了一个欢乐的海洋。

　　1000 多名孩子，像一条条自由自在的小鱼儿，欢欣地游弋在英语的海洋中。而引导他们快乐嬉戏的，是来自北京市第二外国语学院的 60 多名大学生。

　　2011 年 4 月，响应团中央"关爱农民工子女志愿服务行动"号召，北京市第二外国语学院与星河双语学校正式结成对子，通过"大手拉小手"志愿服务活动，开展校与校、班与班、人与人之间的对接，建立友谊，互助互学。

　　每周两节课的时间里，星河的孩子们最高兴。

　　大哥哥、大姐姐们开朗的性格，生动的教学，有趣的游戏，悠扬的歌曲，曼妙的舞蹈，美妙的朗诵，教室里，操场上，学中玩，玩中学，孩子们荡漾在欢乐的海洋中，学习英语的潜力被一点点挖掘出来，勃勃生长的学习兴趣被一点点调动起来。

星河的办公区域窄小，但为了开展好"大手拉小手"活动，李守义专门腾出来一间二十多平方米的房间，作为北京市第二外国语学院的接待处，桌、椅、茶具配备齐全。紧邻着，还专门安排一间办公室，建立了北京市第二外国语学院与星河双语学校"手拉手"服务站，面积比李守义的校长办公室还大。

星河的孩子们还应邀走进北京市第二外国语学院，一次次感染在理想的大学氛围中。

又一届大学生毕业了，北京市第二外国语学院邀请星河的孩子们来参加毕业典礼，为大哥哥、大姐姐们献花。

草木葱茏的校园，宏大的操场，现代化的校舍，尤其是看到大哥哥、大姐姐们穿着漂亮的学位服，带着高雅的学位帽，自豪地从校长手中接过耀眼的毕业证书……一幕幕亮丽的景致，在刚刚进城的孩子心头产生了强烈的震动。

回校之后，孩子们纷纷写下了肺腑之言。

"二外，等着我，六年后我一定会再来！"

"到二外参观，我好幸运，好高兴，没想到大学这样美，这样好。我也要努力学习，考上大学！"

"看到大哥哥、大姐姐们将走上工作岗位，实现自己的理想，自由自在地生活，我很向往，今后一定要好好学习，争取考上北京大学！"

……

一次外出活动，一场心灵的震撼，一个理想的点燃。

" Good morning，boys and girls."

"Good morning，teacher."

"Thank you."

"That's all right."

……

　　每天，苑春玲老师和班里的孩子一见面，就开心地相互大声问好，交流，像一群可爱的小蜜蜂，飞舞在美丽的大花园。

　　初学时，苑老师发现对班上不少孩子来说，英语就像天书。老师在课上念，学生在下面嗤嗤地傻笑。读出来的声音，扭扭捏捏，羞羞答答，像蚊子哼哼，根本听不清楚。

　　怎样让孩子们开口读说英语，就像自信飞扬地说唱自己的母语一样呢？

　　年轻的苑老师思来想去，就从日常用语开始，逗引他们开口说、大声讲！

　　每天上课，下课，自由活动中，苑老师主动带头，和孩子们在玩乐中，在学习中，从基本的口语开口，大声说，大声讲。

　　一天天的逗引中，孩子们愉快地张开了羞怯的小嘴巴。

　　和英语亲近了，学习的热潮也在不知不觉中出现了。

"When is your birthday?"

　　课堂上，范飞飞老师在教学生学习月份单词。

"My birthday is on June 7."

"My birthday is on February 16."

"My birthday is on October 1."

　　孩子们争先恐后，顺顺畅畅，说出自己的生日。

范老师又问爸爸、妈妈、爷爷、奶奶的生日时，孩子们却吞吞吐吐，没有几个人能回答出来。

"在这个世界上，每个家长都清清楚楚地记得自己孩子的生日，因为孩子是父母的最爱，我们应该学会感恩，也记住最爱我们的人的生日。"

范老师为孩子们布置当天的作业，了解家人的生日。

第二天上课，一个个孩子争着回答提问。

Mother's birthday is on April 7.

Father's birthday is on August 23.

Grandfa's birthday is on September 19.

Grandma's birthday is on March 11.

甚至，Teacher's birthday is…

Thanksgiving birthday is …

范老师把星河以"习惯养成"为核心的感恩教育，渗透到教学中，不但拓展了英语教学，更让孩子们进一步学会了关爱和感恩。

除了日常的英语教学，星河不放过任何一个交流机会。

每年，都要组织开展英语夏令营、冬令营活动，组织学生参加北京、香港英语实践活动，开展各种交流，提高孩子们的英语综合水平和能力。

「英」歌燕舞

"英语开始广播了！"师生们屏神聆听岳悦的声音，像百灵，像夜莺，翩翩飞舞，悦耳动听。

岳悦考上了上海师范大学英语系。她可谓星河成长起来的英语小巨人，更是星河强化英语特色教学成功的见证。

岳悦以优异的成绩，考上了北京市虎城中学。

父母非常高兴。更惊喜的，正当一家人为筹措孩子高昂的赞助费奔波时，学校专门打来电话通知："岳悦同学，三年的赞助费全免，因为获得了剑桥少儿英语三级证书！"

"以前听别人说这张证书很管用，没想到能管这么大的用！"听到好消息几天了，岳悦的父母还半信半疑，不时地盯着薄薄的证书看。

岳悦和别的孩子一样，从农村转来，基础差，从来没有学过英语。当班主任老师动员孩子们缴纳每学期 5 元的强化英语教学费用时，岳悦回家第一时间讲给了父母。

"学英语有什么用？我们不花冤枉钱。"像其他孩子的家长一样，岳悦的父母无动于衷。

可是，当66岁的李守义校长在全校师生大会上，声情并茂地讲完自己出国所遭遇的"hot water"事件后，岳悦的父亲当场被打动了。

"我们在外打工这么辛苦，不就是为了培养孩子吗？那么，对孩子在学习上的投资，又有什么舍不得的呢？"

他当场报名，并从口袋里掏出10元钱，交给老师说："那5元钱不用找了，算俺孩子下学期的学习费用。"

三年耕耘，三年汗水。

2009年，李守义亲自带队，星河双语学校首次派出学生参加北京市剑桥少儿英语大赛，也是北京市唯一一所敢于和公办学校比肩参赛的打工子弟学校。

孩子们在赛场里静心地做着每一道题，李守义在赛场外不安地等待着。成绩出来，朝阳区文化培训学校考点的近千名参赛者中，获得"满盾"27人。其中，星河4人，占获奖总人数的近15%！

岳悦，就是其中之一。初战大捷，为鼓舞教学士气，星河专门召开全校师生、家长大会，给每个获奖孩子奖励了一本《英汉大辞典》，并制作出大版面，配上大照片，隆重表彰，真正让孩子们扬眉吐气，让家长信心倍增。

岳悦性格开朗，学习认真，成绩优异。尤其是英语口语，朗朗上口，音韵流畅，悦耳动听。

她被推选为学校"星光电视台"的主持人和英语广播播音员。只要她一开口广播，师生们都静静地聆听着，身心不由伴随着婉转悠扬的音韵，进入一个美妙的英语世界。大家都说她的声音像百灵，像夜莺，像小溪，翩翩飞舞，抑扬顿挫，美妙动人。

考入虎城中学后，因为英语成绩遥遥领先，岳悦就把更多时间和精力用于语文、数学相对较难的学科上。这样，她的英语、语文、数学成绩都始终稳居在全年级最前列。前年，岳悦考上了上海师范大学，并且选择了她喜欢的英语系。

"没有星河的培养，就没有孩子的今天！"得到岳悦被录取的喜讯，父母第一个给李守义校长打来电话，又高高兴兴地把二女儿送到了星河双语学校。

今年初，岳悦给母校写来了一封感谢信，现摘取片段：

星河的时光是最纯粹的，最值得留恋的，给了我人生中最坚实的基础和努力长大的能力。

入学第二年，学校开始引入双语教育课程。后来，每次和妈妈聊天，她总是欣慰地笑着说："你这孩子真是赶巧了，遇见这么好的变化。"

是的，正因为这样的改变，才有我的改变，才有如今的我。

记得五年级的一节英语课上，我小心翼翼地举手回答了殷娜老师的一个提问，得到表扬和鼓励。从此，我热爱上了英语，人生也开始转变。

我热爱英语，这也是后来我读初中、高中，到大学都一直坚持的信念。而这一切，是星河带给我的，是那一堂英语课带给我的。我非常感谢殷娜老师，因为她，我爱上了英语，并且能够出色地完成星光英语电视台的每一次主持和广播任务。我还清晰地记得她对我的鼓励与信任，让我站在镜子前自信、从容。时至今日，每当我犹豫不决时，耳边总回荡着她的那句："你没问题的！"

　　一个孩子得到鼓励，他的潜能才会更多地被激发出来。在正确的指引下，他才能找到正确的方向。

　　现在，我大学二年级，深切体会到大学生活不同于初、高中，身边接触到的人来自五湖四海，有着不同的性格和爱好。每当我与身边的人交谈，发现其中不乏没有特别的兴趣爱好和对未来前途感到渺茫的人。我无法想象，一个人心中没有真正所热爱的事物，会是一种怎样的体验。

　　也因此，我为我有热爱的事物而感到幸运，由衷感恩。

　　是星河，让我找到了毕生所爱。

星河双语学校勇于把这些打工子女拉进大赛场，和北京市公办学校的学生同台角逐，一比高下。

2009年，朝阳文化学校考点有近千名学生参加北京市剑桥少儿英语大赛，获满盾27人，星河有4人，占近15%；

2010年，北京市百校英语艺术大赛，设奖项16个，星河获得2个。

2012年，北京市剑桥少儿英语大赛，获满盾35人，星河有5人。

这两项比赛，星河双语学校都是唯一参赛的打工子弟学校。

近年来，虽然社会上各种赛事少了，星河本着教书育人的长远目标，仍然强力推进着英语教学。星河的孩子通过参加新东方北京市选拔赛，获得二等奖2人，获得三等奖3人。2名学生通过考试被亚奥国际学校录取，享受全免费教育。

2011年以来，星河双语学校分别有近300名同学，因为学习成绩优异，通过择校升入理想中学；有30多名同学，考入北京二中、中央美院附中、工大附中、拔萃双语学校、爱迪国际学校、中国地质大学附中、劲松三中、劲松四中、陈经纶中学等北京市名校。

前不久，学校召开家长会，到会家长1488人，占全校家长总数的95%。其中，14个班到会率100%，社会的高度关注和认可，是对李守义的最高褒奖。

星河双语学校先后被评为朝阳首批打工示范校、改革开放30年京城最具盛名的民办学校，北京市随迁子女打工学校最佳示范校。

——采访手记

「老朋友」新变化

打工子弟在中国传统文化方面的缺失，同样不可忽视。在星河，一至六年级的学生，每学期要背诵15至80篇古诗文。

在古诗文的潜移默化中，他慢慢懂礼了，在读书笔记中写道："原来的我粗暴野蛮，是《弟子规》这个老朋友改变了我。"

2009年，"六一"儿童节前，朝阳区政府关三多区长来星河看望孩子，进入五（1）班教室。

"客人好！"

孩子们齐刷刷地站起来，热情礼貌地欢迎他的到来。他一下子被可爱的孩子们吸引住了。

看到一个个孩子坐站端正，书桌整整齐齐，回答老师问题大大方方，地面干干净净，他连声赞扬星河的孩子学习生活习惯好，精神面貌好。

随后，全校师生、家长聚集在操场上，进行古诗文诵读展示比赛。

关三多手里，是全校 1500 多名学生的花名册，和每个班级应背的古诗文篇目单。

李守义示意他任意挑选学生和篇目，进行古诗文背诵比赛。

"好，先来一首简单的《咏鹅》，请一年级的魏鹏同学背诵。"

《咏鹅》

唐代　骆宾王

鹅鹅鹅，

曲项向天歌。

白毛浮绿水，

红掌拨清波。

"好，请你再背一首，《登鹳雀楼》。"关三多高兴地说。

《登鹳雀楼》

唐代　王之涣

白日依山尽，

黄河入海流。

欲穷千里目，

更上一层楼。

"好，请坐下，魏鹏同学你真棒！"

伴随着关三多的夸奖声，还有师生、家长们热烈的掌声。

"真好，我要跳级，换四年级的学生，《悯农（二首）》，请赵薇薇同学背诵。"

《悯农（二首）》

唐代　李绅

春种一粒粟，

秋收万颗子。

四海无闲田，

农夫犹饿死。

锄禾日当午，

汗滴禾下土。

谁知盘中餐，

粒粒皆辛苦。

"好，好，真好！"

台上，关三多连连为孩子们叫好。

台下，孩子们、老师们、家长们也连连鼓掌加油。

"挑一个难一点的，看会不会把咱小同学难住！"

"难不住！"伴随着关三多往后翻动花名册的哗哗声，是孩子们嘹亮的回答。

"哈哈，那好，就来《弟子规》，请六（1）班的戴应一同学来背诵。"说着，关三多坐直腰身，期待着接下来的精彩展示。

戴应一，一个高个头的阳光男孩，自信地站了起来，还惬意地在心里说："这可难不倒我，我就是《弟子规》的受益者呢。"

《弟子规》规规矩矩地写在星河校园的洁白墙壁上，每天上学、放学、课间操，戴应一随便瞟一眼，都能顺着开端，小河流水一样，哗哗啦啦，背诵下来。

《弟子规》

总　叙

| 弟子规 | 圣人训 | 首孝弟 | 次谨信 |
| 泛爱众 | 而亲仁 | 有余力 | 则学文 |

入则孝

父母呼	应勿缓	父母命	行勿懒
父母教	须敬听	父母责	须顺承
冬则温	夏则清	晨则省	昏则定
出必告	反必面	居有常	业无变
事虽小	勿擅为	苟擅为	子道亏
物虽小	勿私藏	苟私藏	亲心伤

……

原来，戴应一脾气急躁，个性强悍，和同学相处稍不如意就不依不饶，睚眦必报。在班上，他曾经是公认的"小刺猬""惹不起"。

可是，自从老师引导着每天学习一小段《弟子规》，讲解过"将加人，先问己，己不欲，即速已；恩欲报，怨欲忘，报怨短，报恩长"之后，他反复诵读，思索，宛若变了一个人，再也不和同学斤斤计较了。

他学习好，还主动帮助同学，渐渐和大家建立起友好的关系。

戴应一慢慢明白事理了，在读书笔记中写道："原来的我，那么粗暴野蛮，不懂礼仪。非常感谢《弟子规》这个老朋友，让我增长了很多为人处事的有益常识，获得了深刻的人生启迪。"

自然，聪明伶俐的他把《弟子规》背得滚瓜烂熟，赢得了台上、台下三千多名师生、家长的热烈掌声。

戴应一的妈妈坐在盛开的万花丛中，更是笑得最灿烂的那一朵。

"人生七十古来稀"，他却七十有"奇绩"。2010年"首都十大教育新闻人物"中，他是年龄最大的获奖者。

他最欣慰的是，他这个"符号"的出现，充分反映了各级部门已经把打工子弟的教育摆在了和城市孩子平等的位置上。

2011年3月6日晚7点，北京电视台举办2010年"首都十大教育新闻人物"评选揭晓颁奖晚会。

李守义有幸当选。

这次评选第一次采取公众投票的形式，评选标准锁定在首都各级各类教育的优秀代表——具有高度的社会责任感和使命感，富有改革精神和创新精神，在平凡岗位上做出突出贡献者。本年度评选得到了广大市民的高度关注和热情参与，共收到邮寄和网络投票上百万张，最终评选出10位年度教育新闻人物。

李守义觉得，那一天能和北京小学大兴分校校长张景浩、昌平职业学校校长段福生、清华大学教授吴建平等全国著名校长、教师同台领奖，是此生莫大的荣誉。

"这份荣誉，可以说是我从教40多年的一个里程碑。"时至今日，李守义仍兴奋不已。

"这一年，我整整70岁，可以说创造了我人生70年的最辉煌！"

"首都十大教育新闻人物"授予李守义的颁奖词是这样的：

李守义，朝阳区星河双语学校校长。至今从教53年，心系弱势群体，志在打工子弟教育。他从打工子弟学校的校情、生情出发，努力提高教育质量，把学校变成了以"双语教学"和"习惯养成"为特色的京城最具盛名的民办校之一。

接受电视台专访时，主持人问他："李校长，作为本届年龄最大的年度人物获奖者，您有什么感想？"

一语打动拓荒人。

面对镜头，李守义口若悬河，动情地谈了五点感言，赢得颁奖晚会上时间最长的如雷掌声。

感言一：我很高兴。

教育者最大的幸福，莫过于孩子们的进步与成长。我的学生虽然是农民工子女，但在老师们的教育下，好习惯不断养成，双语水平不断提升，各方面素质不断发展。在与城市孩子同台、同场的角逐中，榜上有名。对此，我感到很高兴。

感言二：我很惊喜。

古人云："人生七十古来稀"，我却七十有"奇绩"。年度新闻人物有10位，我是其中之一，很惊喜。

感言三：我很意外。

北京市教育系统有那么多的精英，他们入选理所应当，而我一个70岁的退休老者，从事的又是弱势群体的教育，而且也没有做出什么惊人的成绩，这次却把我位列其中，让我实感意外。

感言四：我很感激。

首先是感谢北京市、朝阳区两级领导对打工子弟教育的重视。我在办学的五年中，他们给了我巨大的支持和鼓励，增添了我的力量。这次，我能入选，充分反映了市、区教委领导已经把打工子弟的教育摆在了和城市孩子平等的位置上，不然就不会有我这个"符号"的出现；其次，我要感谢各方面对我的关爱与支持，否则，我也不能站在这个舞台上。

感言五：我要更努力。

前几年，我曾准备逐步淡出退休后从事的工作，给自己留出足够的时间，去享受一下清闲的生活。但在与孩子们的接触中，我深深感受到他们可爱的一面。同时，也看到他们在教育上的严重缺失。也许是源于自己的教育情结，我决定改变初衷，继续努力工作，把更多时间留给孩子，陪伴孩子们快乐成长，最大限度地发挥自己的夕阳余热。

如今，李守义在这个舞台上，又走过了五年。而且，让他欣慰的是，星河双语学校又取得了不少成绩。

是什么让他几十年如一日坚守在教育这片土地上，而且还是不受重视的打工子弟教育？

毋庸置疑，是一种博大的"平民教育的情怀"。

正如他的老朋友，原北京市基础教育处处长，现星河双语学校教育顾问富凯宁所言：

"'一切为了孩子，为了孩子的一切'，不是一句空的口号，而是体现在一个个教育决策、一项项教育举措、一个个教育活动之中。李守义就是一个善于把教育理念融化进实实在在的教育实践中，有着高超的教育艺术的成功者。"

"越是困难，越能激发他的斗志；越是难题，越能彰显他的忠诚与智慧。他就是为克服困难，为孩子的教育而生的。他在教育之路上，从未停歇过，无时无刻不在谋划着学校的未来。"

付凯宁每次与李守义交谈，都会听到新思路、新举措。

付凯宁深深地知道，在李守义的人生字典里，没有"差不多""行了""喘口气""歇歇脚"，只有"下一个目标"。

李守义语录

成功在于积累，发展在于创新。

回到家里，李守义经常坐在书桌前，读书写文章。

"姥爷，您都当校长了，还要天天写作业吗？"

一次，外孙女来到他身边，想和他玩，可是，站在他身边等了好一会儿，他却像没看见一样，外孙女便不解地问他。

"是啊，姥爷也要写作业，学习新知识，如果不学习，不写作业，明天就教育不好我的教师和学生呢。"

"噢。"

外孙女想着姥爷认真学习的样子，悄悄读书去了。

——采访手记

第七章
你是我的骄傲

校长是学校的灵魂，是教师的臂膀。

校长推陈出新的理念，是教学的支柱，更是教师成长的灯塔。

"要做就做垂杨柳学区各个学校最好的教师！"一进教育大门，李守义谆谆叮咛新教师。

"这节课较以往变了没有？面对问题，变了就比没变强。"面对新课改，他循循善诱先行先试者。

"你是一名好教师，相信你也一定能做一位好领导。"更大舞台上，他殷殷鼓励年轻干部。

在大批垂杨柳学区教师的心目中，李守义不但有着教育事业的远见卓识，是教育事业的策划者和领导者，更是一位深谋远虑的智者，知人善任的伯乐，亲切随和的朋友。

他本着"铺路子、搭台子、压担子"的原则，大力培养青年教师，请来区、市级教研员，各学科高端专家，走进课堂听评指导，使年轻教师在起步阶段就引领着一定的教学高度，快速冲在了素质教育的最前沿，成为朝阳区、北京市的知名教师、名校长、教育专家。

星河双语学校不同于公办的垂杨柳学区，是一所专职的公助民办打工子弟学校。

打工教育是弱势教育。表面看，弱在硬件，弱在孩子。而根本是弱在教师队伍上。工资待遇低，工作压力大，使得很多教师尤其是年轻教师，仅仅把打工子弟学校作为职业发展的"中转站"。

"优秀的师资是立校之本。"李守义深谙此道。

他抓住"师资"这一核心问题，从长远计议，在打工子弟学校中率先为教师缴纳了养老保险金，为教师争取各级评奖指标，参照国家标准，实行内部职称评定，并和工资奖金挂钩，使星河教师工资从最初的社会平均水平800元，提升到现在的平均4000元，最高7000多元，远远高于其他打工学校。而且，他对教师极具人情关怀，寒暑假发基本生活费，一日三餐在学校食堂全免费。对困难教师学校还解决住房问题。每年，给老教师过生日。

2011年3月，李守义被评为"首都十大教育新闻人物"。北京市奖励他一捧鲜花，朝阳区奖励他一部照相机。

他自己拿出3万多元，——奖励星河双语学校的教师们，老教师每人500元，年轻教师300元。已经离开学校的老教师，他也没有忘记，嘱托后勤主任郭秋兰——寻找，最终又找到了5位。

离开的老教师拿着500元钱，激动地说："没想到，李校长还惦记着我们。"

2015年9月，在朝阳区打工子弟学校综合考核中，星河双语学校获得第一名。李守义又给教师发奖金，每人300元。

点点滴滴都是情谊。在星河，教师们是安心的，是幸福的。

在垂杨柳，在星河，教师们辛苦着、成长着、自豪着。

在垂杨柳，在星河，孩子们成长着、快乐着、骄傲着。

一条不寻常的路

被采访人：

刘飞　原垂杨柳学区语文教师，现芳草地国际学校校长

迷茫中，他又走进了我的课堂，认真听完后，由衷地说："这节课较以往变了没有？面对问题，变了就比没变强。"

"能不能让芳草地的孩子也来星河踢一踢球，和我的孩子一起玩一玩？"望着老书记殷切的眼神，我们还有什么不能做的呢？

1994年，我调进垂杨柳中心小学。

一天，李书记下校听课，走进了我的课堂，那天我正讲鲁迅先生的《少年闰土》。课后，李书记评课，说到了鲁迅先生的《故乡》。他说："我特别喜欢文中'其实地上本没有路，走的人多了，也便成了路'这句话，在我们每个人前行的路中，有寻常路，也有不寻常路，走哪一条，全靠自己了。"

当时，我以为他是在刻意教育我们年轻教师要致力教学探究。

之后，随着素质教育在垂杨柳学区的率先推动，我才深切感受到，李书记一辈子在教育事业上选择的，就是一条不寻常的路。

自 1995 年起，垂杨柳学区聚焦素质教育，着眼于"学法、考法、教法、留法、评法"进行了大胆改革，学区领导、教师越来越清晰地认识到，要想实现"面向全体、全面发展、主动发展"的教学目标，首先要在教法上承认学生差异，并能根据不同层次学生的需要，改变传统办学模式，因材施教。

教法改革犹如推开了一扇窗，让长期固守应试教育僵化模式的教师，一下子嗅到了窗外的新鲜气息，看到了诱人的风景。

当时，我已从教 10 年，对教学探究兴趣正浓，很快确定了《在小学语文阅读教学中培养学生自主读书方法途径的研究》课题，并潜心实践。可是，要想走出一条新路谈何容易啊。

有一次，我在学区做一节展示课，各校领导都参与了听评。课讲完后，众说纷纭，此情此景，原本对新教改自信满满的我，迷茫忧郁起来。

此时，李书记的一席评论，却又给了我莫大的信心和勇气。

他说："在教育转型期，看待一节课是否好，关键要看课内能否体现转型的理念、转型的模式和方法。刘飞老师这节课能尝试课前质疑、课上质疑、课下质疑，把课堂还给学生，是一种新的探索。尽管这节课拖堂时间长了点，是因为学生思维活跃了，这是生动学习的一种积极反应。我们决不能因为拖堂这一点，就否定刘飞这节课的大方向。时间拖点，以后可以慢慢解决，但大的方向应该肯定，应该推广。"

正是李书记的力排众议和方向肯定，增强了我课改的决心，为我今后的发展开启了一扇大门。我今天能走到这一步，从某种意义上讲，那次展示课李书记对我的支持，是我人生转折的关键一环。

在垂杨柳学区，一批有想法、有干劲的年轻教师，就是这样，在李书记一对一地鼓励下，手把手地帮助下，信心满怀地投入到素质教育的改革中。

如何让新课改的星星之火，在垂杨柳学区形成燎原之势？是带头人李书记最关心的。

为了早日实现"冲出学区，走向区市，跻身全国"的目标，让大批年轻教师快速成长起来，李书记及学区的各位领导，可谓费尽心血。

记得学区语文教学在朝阳区领先后，为进一步推动教学改革，李书记连续两年在春节期间拜访北京市语文教研室主任，请他带市级教研员走进垂杨柳学区进行指导。按规定，市教研室定位是面向各区，而非是面向各学区、各校，而李书记的真诚感动了北京市语文教研室主任，感动了教研员，也使我们这些年轻教师第一时间得到专家指导。

当年4月，北京市级语文课堂教学研讨会在垂杨柳学区召开，垂杨柳学区四位教师展示出四节课，受到好评，并颁发了市级优秀课证书，这在区级层面是没有过的。我有幸展示了《白杨》一课。哪曾想，若干年后，一棵棵素质教育的"白杨"，真的在垂杨柳丰茂地成长起来了。

老骥伏枥，志在千里。

70多岁的李书记，仍然奔走在教育一线。为推进均衡教育，为打工子弟撑起一片蓝天，成了他新的目标。我理解老书记，他离不开孩子，离不开教育。

此时，我已经来到了芳草地国际学校。几次接触中，我深刻感受到他时刻关注着星河孩子更好成长的大课题。

如何养成良好习惯？

如何进一步增长见识？

为此，他想方设法，时时处处，寻找着资源。

"能不能让芳草地的老师给星河的老师、孩子讲一讲课？"

"能不能让芳草地的孩子也来星河踢一踢球，和我的孩子一起玩一玩？"

……

哦，"我的孩子！"

在他眼中，每一个孩子都是可爱的，每一个孩子都是他的宝贝！

望着老书记、老同志殷切的眼神，我们还有什么不能做的呢？

"其实地上本没有路，自己走多了，也便成了路"。李书记就是这样，选择了一条不寻常的路，带着他的团队，无论从前，还是现在，一门心思，向前、向前、向前……

李守义语录

素质教育绝非不要考试，关键是要通过考试撬动改革。

一对小夫妻和十九个孩子

被采访人：

苑春玲　星河双语学校英语组组长，优秀教师

张　涛　星河双语学校七年级班主任，优秀教师

要想成为一名优秀教师，必须有与众不同的教学方法，让学生佩服你。朴素的道理，让火气腾腾的张涛沉静下来。

这个班已经换了三个班主任，作为一名男老师，你想成为第四个被换的吗？真诚的话语，张涛深深爱上了这个善良姑娘。

2015 年，秋季开学了。

在朝阳区，还有 18 个打工子女因为种种原因，没有合适的入读学校。

"不能让一个应该在校园里接受义务教育的孩子失学，流浪街头。"这是政府答应百姓的，就要落实好。

最后，朝阳区教委把这个重任又交给了李守义。

这样，星河近十年的办学史上，第一次开办了初中班，接收的 18 个孩子来自全国 15 个省市。张涛成了第一任班主任，兼数学老师，他的妻子苑春玲担任这个班的英语课。

这些孩子大都学习、生活习惯欠佳，教育起来难度很大。

"好习惯是学生能够进行正常学习的前提。"面对这个参差不齐的班级，一开始，李守义就多次与张涛交谈，希望他首先从学生的习惯、德育入手，上好第一课。

开学初，张涛从穿着、语言、动作等日常行为习惯中，仔细观察每一个孩子，发现问题，及时指出，督促纠正。

张涛首先在班里开展"我是爸爸妈妈的好孩子"活动，每天要求孩子帮父母做力所能及的事情，比如洗脚、洗衣服、做饭等。张老师每天认真检查，对不完成或者完成不好的，随即进行家访，要求家长督促完成。

原来只一味对孩子付出的家长，突然感受到了来自孩子的爱，品尝到了孩子做的美味饭菜。一位家长给张涛打电话说："老师，自从孩子给我洗脚、做家务，我突然觉得孩子变得可爱了，我也学会表扬他了，孩子和我的关系也很融洽了，谢谢学校和老师的教育。"

入校第一天，张涛对学生的数学成绩进行测试，18 名学生居然都不及格。其中，11 人 30 分以下，最低的 8 分。1 个学生是五年级水平，13 个是三年级以下水平，6 个二年级已经学过的乘法口诀还不会背。

怎么教？无疑，这又是一个繁乱的难解之题。

李守义知道后，鼓励张涛要有足够的耐心，要低起点，小步子。张涛就利用分层教学法，对 18 个孩子实施 18 个层次的教学，为每人准备一个练习本，根据个人的学习基础每天出适合的题目。学生欠缺的知识太多了，张涛就利用午休、放学时间，一点点从小学二年级的课程开始补。

一个孩子告诉家长说："上了这么多学校，从来没有哪所学校的老师像星河的，不歧视我们，对我们这样好，这么有耐心。"

最近一次测试中，只有 3 人不及格，最低 32 分。

张涛的妻子苑春玲，是这个班的英语教师。新任务，重担子，学校信任地交给了这对优秀的小夫妻。

2009 年，苑春玲走进星河。六年半时光，她由一名普通教师，成长为今天的英语组组长。

2012 年，年轻气盛的张涛慕名踏入星河，他想在此好好干一番事业。谁知，作为新任班主任，一进教室，学生就给他来了个"下马威"，像没有看见他一样，自顾自地随意玩闹着。

这不是在挑战教师的威严吗？那可不行！

"都给我坐好，没看见老师吗？"张涛拿出"勇气"，在班里喊。

"没看见，谁认识你。"话音还未落地，一个嘟嘟囔囔的小声音，清清楚楚地传来。

"谁说的，站起来！"顿时，张涛火冒三丈。

"我说的，怎么了？有本事你打我！"当即，一个矮小的男生，不可一世地站了起来。

张涛一下子愣住了，像一记重重的耳光打在脸上，教师高高在上的尊严，瞬间，一败涂地。

"这些学生太厉害了，没法教！"张涛霎时崩溃，箭一样冲出教室，直奔校长室，提出辞呈。

李守义静静地听他说完，和蔼地说："首先你是一个有活力的教师，我想你也有挑战难度的决心。我们不可能一辈子都遇到乖乖的学生，不要一见到困难就退缩，要想办法解决。学生这么对你，是你的方法和其他教师一样，没有让他们觉得有值得尊敬的地方，要想成为一名优秀教师，你就得学会让学生从心眼里佩服你，所以你就必须要有与众不同的管理方法，我相信你有这个能力，希望你考虑一下我的想法，如果你明天毅然决定走，我绝不强留，但我会替你感到惋惜，年轻人，要有迎难而上的勇气。"

一句句，水一样清澈朴实的道理，一点点，熄灭着张涛的心头怒火。

是啊，如果放弃了，那不就说明自己和其他的教师一样吗？我不能就这样放弃学生、放弃自己，我必须想办法让这个班变成一流的班。夜深人静的苦思冥想中，苑春玲来到了张涛的办公室，并为他带来一份可口的快餐。

畅谈中，张涛才知道这个班已经换了三个班主任。

"作为一名年轻的男教师，你想成为第四个被换的班主任吗？"

真诚的话语，让张涛真切地感受到了苑春玲的善良，他爱上了眼前天使一样的姑娘。

第二天，张涛精神昂扬地走进教室，孩子们还如昨天一样，各自游戏着。他拿起扫帚，前前后后，把教室打扫干净。

张涛微笑着，走近昨天和他对抗的小男孩，请他帮着整理教课桌。

小男孩不好意思地微笑着，答应了。

班级焕然一新。张涛站在讲台上，郑重地向孩子们道歉："老师昨天做得不对，请大家原谅。"

所有孩子瞬间惊呆，他们哪里见过老师公开向学生道歉的事！当即，一个个安静下来，低下了反思的小脑袋。

张涛又借机真诚地告诉孩子们："我希望咱们共同努力，让我们班成为学校最好的，让全校师生看到我们是最棒的。"话一出口，孩子们报之以热烈的掌声。

课下，苑春玲又告诉张涛："其实，每一个孩子都是好孩子，不是成心要和老师作对，只是我们还没有走进孩子的心里，还没有和他们成为朋友。"

以后的日子里，张涛与每个学生畅谈心声，了解他们的喜好，帮助他们解决困难，主动和每位家长沟通，对孩子们的大小进步，时时鼓励，常常表扬。三个星期后，班级得到了学校的流动红旗。

毕业考试中，所有学生成绩合格。其中，16名学生进入北京市公办中学，其余学生进入老家的重点中学。

半年后，张涛和苑春玲这对志同道合的年轻教师，幸福地组合成一个美满的小家庭。

一年后，他们可爱的女儿诞生了。如今，这对来自偏远地区的有志青年，在繁华的京城拥有了自己的房子，把父母接来照看孩子，两人一门心思在星河教书育人。

本学期，一副重担苑春玲又和张涛共同担了起来。

18名孩子英语学习基础基本为零，苑春玲一切都要从头开始。课堂上，她主要从听课习惯、记笔记习惯抓起。课下，则加强基础辅导。

苑春玲下班回到家，又和 18 名孩子建立了微信群，让他们坚持每天将所学内容发语音读给她听，她一边抱着自己的小女儿，一边听录音，再一一进行发音纠正。

妈妈怀里的小女儿忽闪着大眼睛，咿咿呀呀，手舞足蹈，欢快地和妈妈、大哥哥、大姐姐们唱和起来。

一旁的张涛静静地听着，欣慰地笑着。

每天，这对小夫妻和 19 个孩子快乐地学习着，幸福地成长着。

你是我的骄傲

说起他，教师们的记忆像汩汩泉涌的水，有说不完的话题，在他身边工作，一天天，一年年，丰盈而充实。

他的人格魅力，他的教学理念，他的管理思想，是他们成长的典范，前行的灯塔。

你是草原我是骏马

被采访人：

苏朝晖 原垂杨柳学区教师，现朝阳区小学英语教研员、特级教师

近三十年里，我无时无刻不在感受着李守义书记的人格魅力。

记得我们新教师到朝阳区教委报到时，李书记已经提前半个小时等候在会议室。他说："在我心里，你们是朝阳区教育的希望，我要用自己的行动告诉你们，做教师，首先要做一个守时守信的人。"未踏入讲台，我就被他的教育真诚打动了。

有大心量者，方能有大格局，方能成大气候。

李书记抓教学没有停留在眼前，他对小学英语教学有着深远的眼光。在北京市组织的赴国外学习中，李书记果断提出由我代表垂杨柳学区参加为期半年的加拿大学习。正是这次宝贵的机会，让我撬开了英语教学自信。在良好的语言环境里，我从一个只会照着教材说英语的教师，到越说越敢说，越说越会说，再到用流利的英语与加拿大教师、朋友交谈，实现了英语口语的飞跃，也为现在的全英语教学模式，做好了专业储备。

学习结束，当我踏着自信的步伐，再次迈进学校大门，看见迎接我回归的李书记时，不善言词而又腼腆的我，却给了老书记一个大大的美式拥抱！

这个拥抱里，是我对老书记深深的敬意和谢意！对我来说，李书记既是伯乐又是良师益友。他给我的是驰骋的草原，我就是飞奔的骏马。

蜕　变

被采访人：

李文会　原垂杨柳学区教师，现朝阳区教育研究中心教研员

1989 年，我高中毕业，没有任何的教育学、心理学基础，经过短暂培训被分配到垂杨柳学区任教。

一进校门，学区就要求各学校对像我这样的"门外汉"，先进行认真的教材教法学习与培训，再经过严格的考试，合格者方能"持证"上岗。上岗后，还要有精干的教学干部做师傅，手把手教课堂教学。只有书本知识、课堂教学经验储备齐全者，才可以独立登上"三尺讲台"。

进入课堂后，每周总有教学干部在不打招呼的情况下来听常态课。开始，我不理解，认为是领导不信任，故意"找茬儿"。后来，知道这是垂杨柳学区党总支的教学要求："盯人盯课，一个不许掉队！"

短短几个月，经历的一件件真诚协助和督促，我年轻的生命被感动了，也发自内心感到了教书育人的神圣使命，一步步踏实、快速地成长为优秀青年教师和专职小学数学教研员。

回头看，人生真像一场梦。而我的梦，虽不十分华丽，却也出乎意料的精彩。是垂杨柳学区的高标准、严要求滋养了我，磨砺了我，助长了我，使我有"门外汉"蜕变成教育"内行"，跻身行业标兵。

名师的种子

被采访人：

刘煜　原垂杨柳学区教师，现北京润丰学校常务副校长

1993 年教师节，是我的第一个节日，在全学区近 1000 人的教师节庆祝大会上，李守义书记就在我蓬蓬勃勃的心田，种下了一颗蠢蠢欲动的种子，那就是做一名好教师。

记得在学区"五四"青年节表彰大会上，主持人采访我："你是学区最年轻的名师，你是怎么当上名师的？"

我说："没有人知道在未来自己会成为名师，我不是为了当名师才当上的名师，而是为了成为一名好教师一直努力着。在这份努力的背后，我最要感谢的是垂杨柳学区。没有学区的引领，没有学区搭建的平台，我可能还是个在原地磨豆腐的教师。是垂杨柳成就了我，是垂杨柳让我们这代年轻教师释放了自己的教育情怀。"

我在垂杨柳学区工作了十七年，从一名普通教师成长为北京市骨干教师、北京市优秀教师。今天，我走上了领导岗位，垂杨柳是我的筑梦人，给予了我博大的教育情怀。

榜样的力量

被采访人：

陈金荣　劲松四小校长，北京市语文骨干教师

李书记非常重视教师队伍的建设，垂杨柳学区率先进行名师的评选工作，当时在朝阳区轰动一时。

我记得，第一届名师表彰会就是在劲松四小召开的。那时，我来劲松四小工作才一年，现在已经 21 年了。现在芳草地国际学校的刘飞校长，就是第一届语文名师。那时，听着刘飞老师的事迹报告，对我们青年教师的成长，真是一种莫大的鼓舞。

正是有了这种鼓舞和激励，我更加努力。学校也给我专门聘请了特级教师做师傅，按照师傅的要求，所有的课文都要背诵下来，上课的时候不许拿着书本照本宣科。那时，我刚结婚，每天往返于通州和劲松之间，上下班三个多小时的车程，无论是等车排队，还是挤站在车厢里，我都拿着课本或参考书研读教材，一篇篇课文无论长短我都烂熟于心。所以，我在上语文课时，更加自信，一步步成长为北京市骨干教师。

回想起来，在垂杨柳工作是辛苦的，也是幸福的。

长大后我就成了你

被采访人：

常平　原垂杨柳学区劲松二小校长、书记，现朝阳区教育评价中心专职督学

1990年，我像一个天真的小姑娘，来到了垂杨柳学区劲松二小，对教育事业懵懵懂懂，却又充满期待。这时，李守义书记出现在我面前，指点迷津。

他说："希望你做一个优秀的科学教师，学区会尽一切努力为教师的成长搭建平台。"不久，专家就走进了我的课堂，耐心细致指导我的每一个教学环节，使我少走了许多弯路，获得了许多荣誉。

这时，学区科学课程大教研组长的担子，落在年轻的我身上。为拓展视野，李书记毫不犹豫审批了近20人的科学教师业务考察团队全国培训，多次亲自组织各级交流活动，打造出垂杨柳学区第一个优质学科。1997年，我也成为垂杨柳学区历史上第一位跻身北京市的骨干教师。

多年后，我也成长为一名校长，才深深地感悟到，培养一个青年教师健康发展，要耗费领导者的多少心血和智慧啊！

两句话伴我一生

被采访人：

王彤　原垂杨柳学区教师，现朝阳区南磨房中心小学党支部书记、副校长

"要做就做垂杨柳学区各个学校最好的教师！"

1990 年夏，师范毕业生分配到各个学校之前，李守义书记亲自给我们开个了短会。踏入职业道路的第一天，他讲的这句话就深深铭刻在了我心头。

我在垂杨柳第二小学边工作边学习。1995 年，完成了中央工艺美术学院大专学习，借此可以调到中学。但是，垂杨柳学区极好的工作环境和教学氛围，令我不舍。当时，各个学校都在大力培养青年教师，请来教研员、专家课堂现场听评，一对一指导，为教师成长铺路搭桥。我就静下心来，钻研教材，苦练教学基本功。在北京市美术课评比中，我获得一等奖，被评为学区名师、北京市骨干教师。

李书记敢于培养年轻干部。在朝阳区，垂杨柳学区有几位最年轻的校长，干得有声有色，先后被输送到朝阳区各个学校，我也是其中一位。2002 年，我走上学校领导岗位，工作中遇到的种种艰辛都没有压垮我。因为，我一直记着李书记在我走上领导岗位前说的一句话，他说："你是一名好教师，相信你也一定能做一个好领导。"

他的信任与示范，如一盏明灯，一直指引着我，鼓舞着我。

圆 梦

被采访人：

聂岩双　星河双语学校教学主管，北京市优秀教师

在星河，"培养习惯，奠基人生"的办学理念和特色教育，不仅是教师教导学生的指挥棒，更是我们成年人一生的追求。因此，我为自己是一个怀揣梦想、追梦星河的人，感到自豪。

小学阶段正是培养良好习惯的最佳时期。

几年来，我带头进行"让习惯培养贯穿课堂始终"的课题研究，把习惯培养和课堂教学紧密联系，班级学生100%养成了懂礼貌、讲卫生、守纪律的好习惯。每学年都被评为先进班集体。2011年12月，我所做的"习惯进课堂作文指导"公开课，获得了领导和全校教师的一致好评。2012年5月，我执教的"习惯进课堂修辞手法复习课"，得到了朝阳区教委领导、多所民办校领导及教师代表的肯定。

课堂上良好学习习惯的养成，促进了学习效率的提高，学习成绩的提升。每次考试，班内学生都能达到100%及格。这一教学方法被全校推广。

作为教师，我从不把学生禁锢在书本中和教室里，而是让学生全面发展。我鼓励学生多读书、读好书。并且，每天都会留给他们一定的时间来读书。养成读书的好习惯，使孩子们受益匪浅。

学校电视台的小主持人、小广播员，几乎都来自我班。每年的"春蕾杯"作文竞赛，我的学生都榜上有名，我也获得了每年的"春蕾杯"优秀教师指导奖。2012年，我班班长刘馨靓获得"春蕾杯"征文一等奖，并以优异成绩被芳草地国际中学录取，在新学校，她也是很优秀的班长。

2015年，我所带四（2）班的国兆阳同学，在学校"责字教育"中提出"做最好的自己"这一创意，受到李守义校长的肯定，国兆阳还被评为学校的"责字教育创意奖"。

我班70%的学生是学校管乐队成员。无论平时训练，还是校外演出，我都义无反顾地支持。目的，就是要落实好学校"习惯养成教育"的主题:"好习惯,伴我行;我快乐,我成长。"

星河十年,我圆着孩子们的梦。星河,也圆着我的梦。北漂十年,我从一名普通教师成长为教学主管,被评为北京市优秀教师。

当好管家

被采访人:

郭秋兰 星河双语学校行政后勤主任,第九届北京民办教育优秀教育工作者

星河建校之初,我就来到了这里。

万事开头难。创办一所学校就像成立一个大家庭,大大小小,各有其用的物件,需要一一置办齐全。可是,账本上经费有限,如何保障正常的教学需要?

李校长说:"人尽其责,物尽其用,开源节流,避免浪费。"

有了领导的正确指示,我这个"行政管家"工作更有底气,可花可不花的钱坚决不花,非花不可的钱尽量少花,采购物品货比三家,为学校节约每一分钱。

每个期末,我们都要组织后勤人员把用过的扫帚、墩布一一收集起来,能用的下学期继续用,破损不能用的,自己动手,拆掉重组,把一个个"残品""废品"变成符合使用标准的"新品""成品"。几百件"残品",从早上7点忙活到天黑,手扎了木刺,咬着牙拔出来继续捆绑。长时间弯腰捡配件,腰酸得直不起来,就坐在地上捆,每次都要连着干七八天。

李校长不时地来帮忙,和我们说说笑笑,坐在地上一起干。

一看就是李守义的兵

被采访人：

沈海健　星河双语学校教师

2010 年 10 月，冲着"星河"这个响亮的名字，我来了。

刚到学校，就有幸参加了李校长主持的一项朝阳区打工子弟学校情况调查，每天都要忙到下班后，甚至夜里十一二点。刚开始，我情绪高涨，几天后，就想懈怠了。

可是，再看已经 70 岁的李校长，还在一丝不苟地工作着。空闲时，他把自己的亲身经历讲给我听，我才知道他已经是教育界的老前辈了，有过很多值得自豪的成绩和事迹，但我从他身上看不到一点骄傲，见到任何人总是谦虚低调、和蔼可亲。

我还有什么理由不努力呢？

校长常常提醒我们："无论何时何地，都要低调做人，高调做事。"李校长的为人处事，潜移默化地影响着我们。

一次，某领导见到我，说："一看就是李守义的兵，星河的教师都谦虚。"

我知道自己还不完美。但是，那一刻我听着，心里还是美滋滋的。

教育只有逗号，没有句号。

2015 年暑假，北京市委常委、教委书记苟仲文到星河双语学校视察，非常赞赏学校的习惯养成教育和双语特色教学。

苟书记当即答应为星河选派一位熟悉中英文化的外籍英语教师，费用由北京市承担。同时，决定帮助星河建设足球特色学校，很快，近千平方米的标准足球场，碧草茵茵，展现在师生脚下。

新学期，星河组建了足球队，聘请来高水平的专业足球教练，保证每两周为各班上一节足球训练课。

2016 年元月 16 日，在北京市八所小学组织的青少年足球循环赛中，仅仅经过半年训练的星河足球队，赢得了 3 场。

众所周知，为加快我国足球事业的发展，2015 年 2 月，《中国足球改革发展总体方案》出台。

方案提出近期、中期和远期"三步走"战略：近期目标是要理顺足球管理体制，制定足球中长期发展规划，创新中国特色足球管理模式；中期目标是要实现青少年足球人口大幅增加，职业联赛组织和竞赛水平达到亚洲一流，国家男足跻身亚洲前列，女足重返世界一流强队行列；远期目标是要使中国成功申办世界杯足球赛，男足打进世界杯、进入奥运会。

由此可见，星河足球教育，又走在了前列。

在星河学习、成长的孩子们，无疑是幸运的，幸福的。

——采访手记

离不开你

一个成功的男人背后，必定有一个默默支撑的女人，我老伴就是，我这一生感到最温暖的，就是老伴对我的理解、支持和支撑。

为人低调的李守义，说起自己相濡以沫56年的老伴，却十分高调。老伴，是他半个多世纪教育生涯中，最坚强的后盾。

甜滋滋的小米红枣粥，热乎乎的山东白馒头，青青的雪里蕻，白白的疙瘩丁。

早上，李守义洗漱完毕，老伴已经把合他口味的饭菜，一一端上了桌。

他说，自己真是有福气，自从妻子进了家门，他就衣食无忧，幸福生活真正开始了。是啊，李守义五岁时便失去了母亲的疼爱，他很少真正享受到细腻温暖的家庭呵护啊。

李守义身体一直不好。追根溯源，是20世纪60年代留下的祸端。

1967年夏，他到农村搞调查，热辣辣的天，郁闷得透不过气来，嗓子干噪得直冒火。前不见村、后不着店的黄土路上，李守义坐在树阴下歇脚乘凉。

这时，卖冰棍的大哥骑着自行车风驰电掣地过来了，后座上驮着一个白色木箱，里面冷藏着凉甜解渴的冰棍。

二分钱一只，李守义迫不及待地买了一只。

他添在舌尖，化在嘴里，沁入肠胃，真是透彻心扉的凉爽。真是甜美呀，怪不得小时候的伙伴们常常一边津津有味地吃着，一边美滋滋地咂吧嘴。

炎热里吃到冰棍的美好感觉，像一条潺潺流淌的小溪，把凉爽融化在李守义燥渴的嘴里，纠结的肠胃里，干涸的心田。

吃下一只，不过瘾，不解渴，又要一只。

炎热的正午，大大的树阴下，整整二十只，抓在李守义手里，他像孩子一样，贪婪地吃着，第一次过足了美好的冰棍瘾。

真是又凉又甜，舒服极了，开心极了。

可是，病从口入，物极必反。李守义哪里想到，一时的口福竟然吃坏了他原本好端端的肠胃。再进凉食时，经不住冰凉的刺激，胃一次次地疼痛难忍。严重时，还胃出血。

"老李有职业病，一门心思在工作上，在教育上。在学校里生龙活虎，一回到家里，就像一只病猫。家对他来说，就像一个鸟窝儿，在外飞倦了回来歇歇脚。"深深理解李守义的老伴，幽默地说。

夫妻两人在垂杨柳学区厚俸小学相遇、相识、相爱。后来，因为工作需要，她调出了学校。常常，看着丈夫不停地看书学习，不停地撰写材料，躺在床上还辗转反侧地思考着，妻子很心疼，却也不忍干扰他的心思。

孩子们先后出生了，妻子把孩子一个个送到娘家，请父母帮忙照顾。

"一个成功的男人背后，必定有一个默默支撑的好女人，我老伴就是，我这一生感到最温暖、最欣慰的，就是老伴对我一如既往地理解、支持和支撑！"

为人低调的李守义，说起相濡以沫的老伴，却十分高调。

是啊，将身嫁与李守义后，妻子就把精力全部用在了李守义身上，用在了扶持李守义的教育事业中。

老伴，是李守义教育生涯中，最最坚强的后盾啊。

前几天，李守义突然想看一本书《春风吹绿杨柳》。

他翻箱倒柜，累得腰酸背疼，却不见书的踪影。

刚刚搬进新家，放到哪里去了呢？

李守义急得团团转，轻易不爱开口求人的他，只得给几个老同事打电话询问。可是，十几年前出版的一本内部资料，谁还会像他宝贝一样保存着。问来问去，依然不见一点希望。

"你把我的书，放到哪里去了？是不是弄丢了？"从未对老伴发过脾气的李守义，追着老伴，不客气地问。

"为搬家我和孩子们忙了一个多月，你早出晚归从来没有搭过一把手，这会儿还有理了，来责备我们啊！"老伴边整理不到位的物件，边故意和李守义逗趣。

其实，看李守义魂不守舍的样子，老伴也疼在心上呢。

70多岁的老太太，悄悄回到旧居，挨着房间，在一堆堆杂物里寻找，硬邦邦的腰杆累得酸困困的，也没找到书。

老太太不甘心，又悄悄回到新居的储藏室里仔细寻找。

"哦，我的《春风吹绿杨柳》！"

终于，找到了，一本出版于 2000 年 8 月，满满记录着丈夫在垂杨柳学区实施素质教育经验的论文集锦。

老伴顾不得腰酸背疼，也顾不上拍去满身的灰尘，轻轻抹去书上的浮尘，即刻向李守义报喜。

"老伴，你又立大功了！"

李守义正坐在星河双语学校办公室里看书，一接到老伴电话，就高兴地大声喊叫。

"叫我咋奖励你？"

"买一件羊毛衫吧。"

"好！"

放学后，李守义直奔附近的羊毛衫专卖店，左挑右看，相中了一件红彤彤的色彩，摸在手上，软绵绵的。

他得意地想，老伴穿在身上，一定很温暖、很好看。

后　记
极地关爱

2016 年元月 23 日。

一股从极地而来的"霸王"级寒潮，席卷长城内外，大江南北。

北京最低气温 –29.8℃，最高气温 –12.6℃，打破京城 30 年来同期白天最低气温 –8.5℃的纪录。

北京交通广播电台网友戏说：这种天气，出来见面的是生死之交，出来工作的是亡命之徒，出来约会的绝对是真爱。

而太阳，还是太阳吗？是冰箱里的灯……

科学地说，寒冷的程度，的确相当于冰箱冷冻级别。

京城，被装进"冰柜"，结结实实，冻了一把。

此时，因为土地储备需要，朝阳区专门招收打工子弟的明园学校被征迁。

春节临近，天寒地冻，后续工作如何快速而稳妥地圆满完成？

重要关头，朝阳区教委有关领导多次召开协调会，制定了周密运行方案。其中之一，就是立即委派人和李守义面谈接收明园学校师生工作。

李守义心里很清楚，保证800多名学生寒假后如期开学，时间明显很紧张，困难也重重。最紧要的是，星河双语学校容量已经满员，必须在别处快速找到合适的校舍。然而，他没有一丝犹豫，在教委的指导下，立即着手行动，抓紧时间开始招收学生、招聘教师、招聘领导成员，马不停蹄地做着各项准备工作。

其实，临危受命，对李守义来说，已经不是第一次了。细心的读者从本书中一定会窥得三四，在此不再一一赘述。

尤其是2012年寒假时，朝阳区取缔了一所非法开办的打工子弟学校，700多个孩子，新学期谁来收留他们？过新年了，谁来安抚一个个家长不安的心？

也是李守义，在春节前，就给孩子和家长们吃下了一颗颗定心丸。

此次，紧急时刻，李守义又一次勇接重任，快速、稳妥地接收了被取缔的全校师生，被朝阳教委称赞为"星河模式"。为此，还特别奖励给星河双语学校一笔筹建资金。

采写李守义的书稿，接近尾声。我们约在旅馆的大厅里，核实有关事实。

午后的阳光，明媚灿烂，扑面而来。沐浴其中，温馨煦暖，恬静安好。

室内，景致如春。而室外，"霸王"横袭，寒风凛冽。

两点，李守义如约而至。

只一眼，我便发现他消瘦了许多，额头深深的皱纹，似壑如沟，涂满仆仆风尘。一杯热茶，捧在嶙峋的手里，簌簌的，有些颤抖。

他从寒冷里来。

周六，许多市民选择了足不出户，"怕出去就变成冰雕了"。可是，800多名师生的安置工作，时间紧，任务重，李守义不得不迎着"穿透性"的寒潮，在极地寒流的袭击中，奔忙。

他和朝阳区教委的工作人员跑来跑去，才寻找到合适的场所，新租借的11间教室，有7间要改造，还要新建两个卫生间。眼看春节临近，施工人员不好找。天寒地冻，找到人却不好施工。种种现实困难，很难保证新学期一切到位。为此，他和教委相关人员一起谋划着、落实着，既要做快，又要做好。

星河原有的1500多名孩子，加上新来的800多名，陆陆续续的招生报名中，近2500名打工子弟将汇入星河。这样，在朝阳区，乃至在北京市，星河双语学校都将是规模最大的打工子弟学校之一。

这么大的教书育人工程，这个春节，李守义怎么能够安闲下来呢？

想起三个月前初次采访，李守义说自己是个苦命人，当了一辈子"孩子王"、小学校长。这不临老了，还在奔忙，也没干出什么大事业来。

谦卑的话里，分明有着满满的担当、满满的欣慰、满满的激情。

是的，正如他常说的一句话："教育，只有逗号，没有句号。"

年近耄耋的李守义，为一批批孩子，花发劲履，风骚独具。

李春雷

2016 年 2 月 22 日

有人，把工作当成一件换取生活资源的事务，在尽力；

有人，把工作当成一种实现社会和个人价值的责任，在尽力、尽责；

有人，把工作当成一种事业，不问报酬，不计代价，只记社会成效和民族利益，在尽力、尽责、尽心。

李守义就是这样，怀着一种痴痴的教育情怀，一切为了孩子，为了孩子的一切，把教书育人当作人生旅程的重要事业，在尽力、尽责、尽心，在一步步走稳，走远，走向美好。

——采访手记

附录一
李守义工作简历

1951 年—1955 年 朝阳区张家店小学读书

1955 年—1958 年 北京七十一中读书

1958 年—1963 年 朝阳区厚俸小学教师

1963 年—1964 年 朝阳区架松小学少先队辅导员

1964 年—1965 年 朝阳区垂杨柳中心小学教导员

1965 年—1966 年 朝阳区沙板庄中心小学团总支书记、学
          区总辅导员

1966 年—1978 年 朝阳区沙板庄中心小学副校长、革委会
          主任、校长

1978 年—2002 年 朝阳区垂杨柳学区总支书记、校长

2002 年—2006 年 朝阳文化培训学校校长兼区教委发展指
          导团成员

2006 年—至今   朝阳区星河双语学校校长

附录二
1995 年后李守义获得荣誉

1. 朝阳区政府级优秀校长，有杰出贡献的杰出人物

2. 首批首都精神文明先进个人

3. 北京市关心支持少先队工作的好领导

4. 北京市优秀教育工作者

5. 北京市依靠群众办学的好书记好校长

6. 北京关心退离休工作好领导

7. 北京市劳模

8. 改革开放三十年教育功勋人物

9. 首都教育十大新闻人物

10. 中国民办教育创新型校长

附录三
1995 年后单位获得荣誉

1. 朝阳区实施素质教育示范学区
2. 北京市关心离退休工作模范集体
3. 朝阳区、北京市优秀民办培训机构
4. 剑桥英语全国优秀培训机构
5. 朝阳区、北京市打工子女示范校
6. 改革开放三十年京城最具盛名的民办校
7. 朝阳区《养成良好习惯，做文明有礼》立项学校
8. 朝阳区三年评估检查总分第一评估优秀机构

附录四

影响力·李守义办学实践引媒体高度关注

北京晨报

北京中小学校长印象 2009 之李守义

自己走多了，也便成了路

《北京晨报》教育版主编　廖厚才

（2009 年 2 月 19 日报道）

李校长是个"老教育"了。这个智慧的、逻辑严谨的、人情味特浓的、幽默的老头儿容易让人产生敬重之情。他长期在朝阳区垂杨柳学区做领导,退休后又创办了"星河"这所打工子弟学校。

在朝阳,李校长深孚众望,今天,朝阳教育口中年以上的人大都熟知这个曾经的风云人物。

1978 年,李校长刚主政垂杨柳学区时,这个学区的成绩在朝阳为倒数第一;但 1985 年后,垂杨柳学区已成了朝阳的先进学区(稳居前 3 名)。

当年，李校长在朝阳创了多个第一：第一个在学区进行学校合并，第一个对外出租校舍以提高教师待遇。李校长在管理上深谙"笼络人心"之道：时刻把他人放在第一位。所以他在任时，主要工作就是解决学区教师的住房问题、子女上学问题，甚至是教师配偶的工作问题。"做思想工作就是让人安居乐业。"他说。

自幼家贫的李校长其实上学不多，虽然他在小学就获得过金质奖章，可后来还是因为家贫早早辍学。但这不妨碍他在教育上获得成就。他的名言是：其实地上本没有路；自己走多了，也便成了路。

光明日报

李守义："星河"在心

《光明日报》记者　靳晓燕

（2010 年 12 月 30 日报道）

教育占据了他 87.5% 的生命历程——小时受教育，工作搞教育，退休至今仍从事教育。如果说垂杨柳是他 60 岁前生命里重要的站点，那么，十里河则是他 65 岁后生命中又一个重要节点。

星河双语学校就坐落在十里河。打北京市朝阳区教委筹划建立这所打工子弟学校开始，李守义的生活就围绕"星河"左右。

"现在，学校也才有了学校的样子。"平缓话语间激荡着某种坚持。

5 年间，农民工子女的教育变化是巨大的：他们能和城市孩子一样也能享受城市免费义务教育，公办学校不得向农民工子女借读费；在"同城待遇"的新政下，北京的西城、海淀、东城、朝阳等区率先向非京籍学生敞开大门，大批外地孩子顺利升入初中，并能享受优质教育。

老人深有感触。硬件上不尽如人意的地方，如设备过时、陈旧，教室和校舍都不够，电力不足等，一一向教委打报告，都给予解决，办学条件得到了很大的改善。

但最最重要的人，是让他最最劳神的。面对的是来自 23 个省区，水平、能力、习惯、心理素质参差不齐的孩子；面对的是来自四面八方的教师。打工学校怎么办？打工教师怎么带？打工学生怎么教？成了他反反复复思考的问题。

5年间，他见证了打工学校的成长、发展。而此时，"作业"有了点眉目，"星河"有了自己的样子。

为弥补他们在教育上的缺失，缩小和城市孩子的差距，为今后更快、更好的融入城市，为他们成人、成才，超越父辈，他努力探索着。

"打工学校就要按打工孩子的特点去办学。"基于此，学校选择了习惯养成和双语特色作为切入点。"让懂礼貌成为一种风气，让讲卫生成为一种常态，让守纪律成为一种自觉，让爱学习成为一种兴趣，让健身心成为一种追求，让会做人成为一种灵魂。"这6种习惯养成已深深印在孩子们的头脑中，也让他们与之前的自己有了相互映衬。

无论是北京市剑桥英语考级大赛，还是"百校英语艺术大赛"、希望杯、华罗庚杯决赛，星河的学生都榜上有名。在升入中学的学生中，有的当了团支书，有的当了班长，有的当了英语科代表，有的当了学校文艺汇演的中英文主持人，有的因为有好习惯常受到表扬。郑梦雅拾到五万元主动交给失主，王一杰负责开关饮水机一年一天都不间断，管航自己花钱买了一块手表，每天课间人不离操场，差两分钟大声招呼学生回班……孩子们的成长让老人欣喜不已。

他知道，仅凭自己的努力办学是不够的。紧紧依靠政府资源，这是重要保证；社会资源介入也是不可缺失的——共青团北京市委、北京市青年志愿者协会、北京第二外国语大学、图书大厦、新公民学校等先后在学校建立了见习实践基地和资源基地，孩子们也因此得到更多的关爱，有了更广阔的视野。

他怀着期待，用自己生命历程的体验在办学，陪着 800 多名孩子们成长。

现代教育报

学校怎么办？教师怎么管？学生怎么教？

李守义：破解打工子弟学校三大难题

《现代教育报》记者　陈　翠

（2010 年 12 月 31 日报道）

　　"众所周知，打工子弟学校的生存与发展困难重重：脆弱的经济基础导致校舍破旧甚至时常搬迁，微薄的待遇导致招不来、留不住有水平的教师，受教育者是基础能力薄弱的"流动花朵"……面对种种不利因素，打工子弟学校怎么办？教师怎么管？学生怎么教？这三大难题一直困扰着教育界。

　　2006 年，时年 66 岁的李守义接受北京市朝阳区教委的委派，成为朝阳区星河双语学校首任校长，开始挑战这三大难题。经过近 5 年的探索与实践，他走出了一条自己的"星河之路"——在办学模式上，形成政府支学、社会助学、校长办学的合力组合；在教师带领上，形成文化引领、人文关怀、机制激励的管理模式；在学生培养上，形成双语教学和习惯养成的办学特色。"

"三驾马车"拉动学校前行

　　星河双语学校是北京市朝阳区采用委托办学的模式建立的打工子弟学校，学校接收了来自 23 个省的水平、能力、习惯、心理素质参差不齐的孩子。怀着无法割舍的教育情怀，不顾家人的反对，李守义揽下了这个"瓷器活儿"："我要弥补孩子们在教育上的缺失，缩小他们和城市孩子的差距，帮助他们更快、更好地融入城市，为他们成人、成才奠定一个好的基础。"

此前，李守义已在朝阳区从教44年，其中任校长36年。特别是在垂杨柳学区任书记的24年间，他带领老师们把一个落后学区转变为朝阳区的素质教育示范学区，自己也获得了北京市劳模、北京市改革开放30年教育功勋人物等多项荣誉。

尽管经验丰富，但是从"供给制"的公立学校来到"自主制"的民办学校，李守义还是有点儿找不到感觉。从调研入手，他分析了打工子弟学校的生存状况：教师和学生队伍流动性大、素质偏低，学校要自己寻找各种办学资源，教育教学面临极大挑战。总结归纳后，他提出三个问题：这样的学校怎么办，这样的教师怎么带，这样的学生怎么教？"地上本没有路，自己走多了，也便成了路"，李守义以敢为人先的精神迎难而上。

起初，星河双语学校只有一栋教学楼，教学条件中有许多不尽如人意的地方。李守义积极向政府争取支持，得到了朝阳区教委的高度重视。四年中先后为学校修建塑胶跑道、更换塑钢窗、新盖一栋教学楼、修复变电室、增添设备等，使星河双语学校的办学条件成为打工子弟学校中的佼佼者。

教育资源稀缺制约着打工子弟学校的发展。李守义利用各种关系、通过各种渠道千方百计引入社会资源，凡是对老师发展、对学生成长有益的来者不拒。现在，学校已成为团市委、北京市志愿者协会、朝阳区团委、北京市第二外国语大学、均豪物业公司、北京图书大厦等单位的基地校，并随时与社会机构合作开展各种活动。今年，学校正式加入南都基金会的"新公民学校"项目，获得了更丰厚的教育资源。

社会助学增强了办学活力。在朝阳团委的资助下，学校今年招聘部分大学生，充实了师资力量。在共青团倾听日活动中，老师们第一次享受全身体检。在北二外志愿者的带领下，学生们参观首都各大博物馆、参加英语夏令营，增长了见识，开阔了视野。孩子们还作为贵宾参加北二外的毕业典礼，听校长讲话，为毕业生献花，受到了极大的震撼。有学生在感言中写道：二外，你等着吧，六年后我一定会回来。

"对打工子弟学校而言，举办者的办学思想、办学思路尤其重要。"李守义尖锐地指出，"公办学校校长办学思想不端正，会给孩子造成'半瘫'——只重视智育，忽视德育、体育；打工子弟学校校长办学思想不端正，会给孩子造成'全瘫'——为了挣钱，只抓安全，德智体忽略不计。"所以，他办学中坚持社会效益第一、坚持一切为了孩子、坚持全面发展。

安全是学校第一大事，不少学校因为怕出事而减少各种社会实践活动。"课本无法解决所有问题，参与体验才能启迪人生、点燃理想、磨炼意志。一次参观就能点燃学生心中的火花，激发'核裂变'。"李守义没有因噎废食，而是从学生成长需求出发，支持学生参加各种社会实践活动，例如组织100名学生参加今年4·18北京国际长跑节等。一学期下来，学生参加了17次社会实践活动。

"政府支学、社会助学、校长办学犹如三驾马车，三力合一拉动打工子弟学校的发展，三者缺一不可。"李守义表示，理清办学模式为学校发展铺平了道路。

八项机制激活流动教师

优秀的师资队伍是立校之本，而这正是制约打工子弟学校发展的瓶颈。当前，打工子弟学校教师普遍存在队伍不稳、水平偏低、追求不高等问题。李守义就任之初的调研发现，打工子弟学校教师每年的流失率在20%~30%。教师人均月工资只有800元，没有任何保险。低廉的待遇导致教师工作缺乏激情，"好老师招不进，招进来的留不住，留得住的激不起，激不起的干不好。"

如何带好这样一支教师队伍？凭借丰富的管理经验，李守义因地制宜、"因人施管"，探索建立了以下几项管理机制：规范机制——出台了"十个不出问题"，规范教师行为；稳定机制——为所有教师上保险，解除后顾之忧，实行最低工资保障制；慰问机制——教师节、春节对老师进行慰问；评先机制——除学校内部评优外，积极推荐优秀教师参加区以上评优评先工作；人性化的关心和思想工作机制——每年工会负责为老教师过生日，发现问题及时做思想工作；优胜劣汰机制——对违规和水平偏低的教师进行解聘。

"对打工子弟学校而言，招聘教师不难，但留住好教师很难。而一所学校能否办好，不在于有多少教师，而在于有多少骨干，他们是学校发展的龙头。"基于这种思考，李守义建立了优秀教师奖励制，每年评选一次优秀教师，在教师节给予2000元的奖励，最大限度地激励优秀教师，使他们的地位、价值、利益得到体现。

打工子弟学校的教师无法参加教育系统的职称评定，李守义就建立内部机制为老师打通"上升渠道"：引入职级工资制，根据教师的工作时间、学历、业绩等情况，将工资分为五档十三级；建立内部职称评定制，通过听述职、听群众评、听学生评、听评委评与看申报材料、看备课、看作业、看成绩，两年一次进行职称评定，任何老师都有机会脱颖而出。在两种机制的综合作用下，学校优秀教师月工资有了很大突破，稳定了优秀教师队伍。

　　为鼓励老师的创新热情，李守义还倡导设立了"创意奖"，旨在发现并奖励那些工作理念与方法符合教育教学规律与学生情况，富有创意且卓有成效的教师。例如，聂岩双老师在班中实行学生自主管理，其中一名学生负责饮水机的开关，一年间一天没间断。这个案例引起李守义深思："学生缺少点儿知识并不可怕，可怕的是缺少责任心与社会责任感。""一个饮水机引发的思考"让李守义产生了"双百教育"的灵感，这位老师当之无愧获得"创意奖"。

　　此外，面对学生流动性大、水平参差不齐的现状，李晓敏老师研究如何让新生尽快融入团队，让调皮生遵守纪律，让后进生成绩有提高；徐佳老师研究如何在每一道题、每一次作业、每一堂课、每一次考试中让不同层次的学生都有成就感……这些教师都获得了"创意奖"，并将研究成果在全校推广。"我们的教师群体中有许多鲜活的智慧，校长的智慧就是善于发现、总结、推广。"李守义表示许多管理策略都是集体智慧的结晶。

　　由于资金短缺、机会贫乏，打工子弟学校的教师培训也成为一个问题。在"请进来，走出去"之外，李守义更喜欢"用自己的水和自己的泥，用自己的泥盖自己的房"：学校每学期至少开展四次"讲身边，学身边，超身边"活动，用身边的案例、身边的感动教育老师，受到老师们的欢迎，他们说"比学劳模还管用"。

　　现在，学校教师队伍状况有所提升，他们能够紧跟学校步伐、践行办学思路，尤其在习惯养成教育中探索出不少好经验。近3年，先后有4人被评为朝阳区师德标兵和公益组织全国优秀教师、优秀校长。

六项习惯奠基学生未来

不少打工子弟因随父母迁徙，无法接受正常的学校教育和家庭教育。李守义发现，与北京孩子相比，打工子弟相对"基础知识差、基本能力差、基本习惯差、眼界视野差、心理素质差"：去电影院看电影，就站在椅子旁边却报告说："老师，没有地方坐"；不讲究个人卫生，不懂得与人相处之道等。

"适合孩子的教育才是最好的教育。"从学生身上的问题入手，李守义自2008年起探索开展习惯养成教育，帮助孩子融入城市生活。以"培养习惯奠基人生"为办学目标，以"好习惯 伴我行 我快乐 我成长"为教育主题，学校确立"懂礼貌、守纪律、讲卫生、爱学习、健身心、会做人"六项习惯标准，集全校之力抓小事，引导学生"自理、自主、自信、自强"。

在星河双语学校，100%的学生在校有责任岗，100%的学生在家有劳动岗。在校人人有事做、事事有人做、天天尽职责，在家中帮父母分担家务，培养了学生对自己、集体、家庭、社会负责的态度。"双岗"基础上，100%的学生参与互助互爱活动，倡导"大手拉小手、强手拉弱手、人人都拉手"。高年级学生主动帮助低年级学生打扫卫生、搬运桌椅等已成风气。学生樊秋华在班级评优时拒绝接受，因为同桌成绩比较差，他说要在帮助同学提升成绩后再评优，最终被评为助人为乐标兵。

为推动习惯养成教育，李守义在领导、教师、家长和学生中大力宣传并通过学校"导"、教师"教"、家长"帮"与学生"学"捆绑式推进。秉承"注重明理、有效训练、强化激励"的理念，学校每年评选十个单项标兵，"学习好、身心好、责任好"者可评"三好生"。学校不惜工本制作大展板，介绍获奖学生的事迹并附上照片，帮助他们树立自信。

习惯养成教育改变了学风、班风与校风，学生素质有了不同程度的提升。现在，懂礼貌已成为一种风气，学生在校内外都彬彬有礼；讲卫生已成为一种常态，个人卫生、环境卫生基本保持在一种常态水平；守纪律已成为一种自觉，学生基本能做到校内"五序"（早自习、上课、课间、午休、放学）和校外"四不"（不打架、不骂街、不扰民、不违反交通规则）的要求；爱学习成为一种兴趣，涌现出一批爱学、乐学、会学的学生。同时，"让健身心成为一种追求""让会做人成为一种灵魂"也初见成效。

创校之初，李守义从自身经历出发提出了双语特色的目标。"由于不会英语，我出国时连杯开水都要不来，不能让孩子们再因为英语瘸腿而错失发展机会。"学校英语实验班配备英语副班主任，每天上两节英语课，国家教材之外还要学习剑桥教材。不少四五年级转学来的孩子在家时甚至没学过 26 个字母，老师就一点点地"磨"。此外，学生每周还要上一节古典文学课，现在他们大都能熟练背诵 15~80 首古诗词。

习惯养成教育和双语特色受到家长欢迎，学校的学生由最初的 300 余名增至现在的 800 余名。星河双语学校独特的办学模式也获得社会认可，先后被评为朝阳区打工子弟示范校、改革开放 30 年京城最成名的民办校。许多专家领导先后到学校视察、慰问。今年，国家教育咨询委员会成立第 13 天，中国民办教育协会会长陶西平带队到学校考察，他非常赞同习惯养成教育的理念，并夸赞学校办得好。

对李守义而言，最令他开心的是孩子们的成长——星河的孩子能够与城市孩子同台同场角逐并有上佳表现：无论是北京剑桥英语大赛、百校英语艺术大赛，还是"希望杯""华杯"决赛和重点中学选拔赛，星河学生都榜上有名；进入中学的毕业生也有不俗表现，有的担任班长、团支书等班干部，有的发挥特长成为英语课代表或中英文主持人，有的因为好习惯常受到表扬……

"我也是从农村出来的，或许是命运相牵、情感相连，我相信经受磨难的打工子弟一定能涌现出杰出人才。起码，我们要把学生培养成为好公民，让他们能够独立生存，在社会上受欢迎。我期待我的学生都能超越自己。"怀揣这样的教育梦想，已经70岁的李守义仍然在坚持着、探索着。

老骥伏枥，志在打工子弟教育。

双语教学给力打工子弟校

《北京晨报》教育版主编　廖厚才

（2011 年 4 月 21 日报道）

在很多人心目中，打工子弟学校与"双语教学"似乎不相干。而在朝阳区星河学校这所打工子弟学校，双语教学让农民工子女"扬了眉，吐了气"。

星河双语学校目前是北京东部办学条件最好的打工子弟学校之一。2006 年，时年 66 岁的李守义接受朝阳区教委的委派，成为首任校长。5 年来，这位朝阳区的名校长走出了一条自己的"星河之路"。

据了解，星河学校接收了来自 23 个省的水平、能力、习惯、心理素质参差不齐的孩子。在这里，五年级的学生连 26 个英文字母都不熟悉不算新闻。

"由于不会英语，我出国时连杯开水都要不来，不能让孩子们再因为英语瘸腿而错失发展机会。"李守义校长坚定了为孩子们打造双语教学的决心。他创造条件，为学校英语实验班配备了英语副班主任，每天上两节英语课，国家教材之外还要学习剑桥教材。他还积极组织与近邻北京二外的对接，带领农民工子弟到二外参观学习。一个学期下来，农民工子弟的英语平均成绩由 57 分提高到了 77 分。在与公立校的同台角逐中，这所打工子弟校也有上乘表现。2009 年，星河学校在朝阳文化考点的千人剑桥英语大赛中，

4 人获满盾，占考点满盾者的 15%；去年北京市百校英语艺术大赛中，设置奖项 16 个，星河获得两项。

双语教学带动了星河学生的全面发展。进入中学后，星河的毕业生也表现不俗，有的担任班长、团支书等班干部，有的发挥特长成为英语课代表或中英文主持人，有的因为好习惯常受到表扬……

习惯养成教育和双语特色受到家长欢迎，学校的学生由最初的 300 余名增至现在的 800 余名。星河双语学校独特的办学模式也获得社会认可，被评为朝阳区打工子弟示范校。中国民办教育协会会长陶西平带队到学校考察，他非常赞同习惯养成教育的理念，并夸赞学校办得好。

北京考试报

"我让星星眨了一下眼"

——记星河双语学校校长李守义

《北京考试报》记者　安京京

（2012 年 10 月 27 日报道）

　　一位老人，这辈子生活的圈子很窄，生于朝阳农村，在朝阳的学校中成才，毕业后又在这片土地上从教了整整 44 年；他的心却很宽，在垂杨柳学区主政 24 年，不求名，不贪利，干任何事都把别人想在前面，用 7 年的时间，把一个落后学区变成了全区素质教育示范学区。退休后，65 岁的他又毅然决然地来到了星河双语这所来京务工人员子弟学校，找到了生命的新起点。他叫李守义，一个让星星眨了一下眼睛的人。

> 从公办学区书记到来京务工人员子女学校校长，他殚精竭虑，急学校所急，想学校所想，完成了自己并不华丽的转身。

　　2006 年，已经退休 5 年的李守义接到一个"命令"：区教委要在十里河办一所来京务工人员子弟学校，想让一个懂教育的人出任校长。毫无准备的李守义就这样与星河学校结缘。他说："我也是从农村出来的，看到这些别人觉得脏兮兮的孩子，只觉得说不出的亲。"

　　上任第一天，校名难住了李守义，是保留原名十里河小学？

还是再自拟一个？斟酌再三，他为学校命名为"星河双语"。他说，办这样的学校，没奢望做月亮，太阳更不敢想。我就是想把它办成全国成千上万来京务工人员子弟学校中的一颗明亮的星星，闪点儿光，发点儿亮。而双语，则是这所学校教学的最大特色。

学校创建之初，除了校舍和设备，空空如也。老师要自聘，学生要自招，办学思路要自定，一切都让习惯了公办校体制的李守义感到一头雾水。与公办校比，来京务工人员子弟学校学生、教师流动性都很大，298 个孩子来自 23 个省区，能力、习惯、心理素质都参差不齐；教师水平高低不一，很难管理。打工学校怎么办？打工教师怎么带？打工子弟学生怎么教？成了他那段时间反复思考的问题。

一天到晚担心、着急，最终催生出李守义的"三力"组合。政府的支持力不能少，社会的助学力也很重要，有了这些，剩下的就要靠校长的办学力。

住院 11 次，5 次大手术，71 岁的他几乎每天到校。在孩子中间走走，听他们叫一声"校长好"，他就哪儿都不疼了。

李守义身体不好，说起话来轻声细语，慢条斯理。从上世纪八十年代起，他陆续做过 5 次大手术，住院多达 11 次，脾胃肝肠都或多或少有毛病。可即便这样，每天只要有空，他还是愿意来学校，因为在这里他感觉最快乐，还能发现很多有趣的事。

每次手术后稍稍休养，身体虚弱的他就又立即全身心地投入到学校的发展、学生的教育中去。家人看到他每天忙到深夜，怕拖垮他的身体，多次劝他退下来。但想到学校羽翼初丰，孩子的成长基础还没打好，学生的教育效果还不明显，李守义还是义无反顾地选择了和学生在一起。

其实只要他愿意，可以把学校交给别人去经营，但他放不下心。他说，公办学校校长办学思想不端正，会给孩子造成"半瘫"——只重视智育，忽视德育、体育；务工人员子弟校校长办学思想不端正，会给孩子造成"全瘫"——为了挣钱，只抓安全，德智体全都忽略。我不能这样干。学校的每项赞助，他都要亲自出面谈。一个基金会的负责人正是在听了他的办学思路后，在学校设立了奖学金。朋友们也会一边开着玩笑说"看你这么大岁数不容易，就帮你一把"，一边为学校介绍参加各种活动的机会。他们的评价是：把事儿交给老李做，放心。

公园、博物馆、科学院……他都想让孩子去看看，春蕾杯、希望杯、剑桥少儿英语大赛……他都让孩子去试试，比起课本上的成绩，他更重视看不见的分数。

"懂礼貌，讲卫生，守纪律，爱学习，健身心，会做人。"简简单单18个字，却是所有星河人的共同追求。来京务工人员子弟学校的孩子学习基础、生活习惯都不太好，该从哪一点入手？李守义选择了好习惯。他的目标是，从星河走出去的每个孩子至少要是一位合格的社会公民。学习不好或许只是考不上好大学，习惯不好却会误人一生。走在星河的楼道里，每个孩子见到你，都会笑脸相迎，清脆地叫一声"客人您好"，公园里、大街上，见到年长的老人，他们也会热情地叫一声"爷爷好"、"奶奶好"。

在李守义看来，与城市孩子相比，来京务工人员子弟学校的孩子见识较少，更需要"放养"而不能"圈养"。因此，他对什么外来活动都不拒绝，什么大型比赛都让孩子们参加，"即使拿不到名次，体验一下也是好的"。只要有孩子拿到了不错的成绩，他就会用黑板报、广播大肆表扬，给他们树信心。一年，两年……嫩芽终于开花结果。

剑桥英语大赛、百校英语大赛、希望杯，在与城市孩子同场角逐中，星河学生都能不掩其辉；升入中学的他们也有不俗表现，有的当了团支书，有的当了班长，有的当了英语科代表，还有的当了中英文主持人……

孩子们的成长让老人欣喜不已。他说："我已经让星星眨了一下眼睛。"

北京晚报

要让他们比父母更强

星河双语学校"办打工者满意的教育"

《北京晚报》记者 李莉

（2012 年 11 月 30 日报道）

星河双语学校是一所打工子弟校，校长李守义已经做了 54 年教育，如今他的愿望是"办打工者满意的教育"。李守义表述了自己对打工子弟教育问题的看法："外来务工人员子女的教育问题是随着城市化进程而产生的，这是在城镇化过程中必须要面对的问题。与市民相比，这些外来务工人员对子女教育有不同的追求。他们首先希望孩子能有学上，在入学的基础上希望孩子们能学到点'本事'。"

2006 年李守义接手这所学校的时候，它还叫十里河小学，全校只有 298 人，每个班 25 个人。李校长一接手就进行扩招，每个班人数扩到 50 人甚至更多。"首先要保证入学，不让一个孩子失学，先不能计较班额大小问题。"如今星河双语学校已经有 30 个教学班 1500 多学生。

> **数字 1**
> **从 298 人到 1500 人**
> **让打工子弟成为"英语达人"**

在"让孩子有学上，让孩子学本事"的指导思想下，星河双语学校做了两件事：一是扩招，二是双语教学。

星河双语学校所处的十里河地区外来人口密集，入学需求大。2006 年李守义接手这所学校的时候，它还叫十里河小学，全校只有 298 人，每个班 25 个人。李校长一接手就进行扩招，每个班人数扩到 50 人甚至更多。"首先要保证入学，不让一个孩子失学，先不能计较班额大小问题。"

如今星河双语学校已经有 30 个教学班 1500 多学生。为了让孩子们学有所长，学校确定以英语教学为特色。强化班每周上 7 节英语课，实验班每周上 10 节英语课，隔周还有外教进校进行口语教学。

经过 6 年多的积淀，如今星河双语学校的孩子们英语水平比公办校学生还要好。今年，朝阳区有千名来自各个学校的学生参加剑桥少儿英语大赛，星河双语的学生作为唯一的打工子弟校代表也参加了大赛，最终 35 个满盾小选手中，有 5 个是星河双语学校的。

六年级一班的曹佳楠是三年级时从河南老家转到北京的，曹爸爸说起孩子学英语的事一脸骄傲。"他剑桥一级是满盾，考二级肯定能得优秀。别看孩子上小学，他现在的水平比中学生还高呢。他舅舅的孩子读初一，英语还不如他好。"曹爸爸后悔来北京晚了。"如果早点转到北京来上学，现在都能考剑桥三级了。在这个学校，一周上 10 节英语课，还有外教呢。这要是一直在老家学，到小学毕业可能只会 26 个字母，上星河双语对孩子来说就是一种'飞跃'。"

数字 2
教委 5 年投入 2000 万元
给打工孩子更多机会

李校长说这所打工子弟校的发展离不开社会的支持。"首先政府全力支持。我 6 年间给教委打了 15 个报告，全都批复了。近 5 年内，教委给学校的投入将近两千万，明年还要给我们再加盖一层教学楼。"李校长介绍说，除了政府的帮助，社会各界也积极对学校进行帮扶，现在已经有八个单位在星河双语建立了帮扶基地。

华谊兄弟基金给学校建了一间放映室，保证每个班每学期能看上一次电影；"音乐之帆"项目帮学校建起了乐队，每周都有专业的器乐老师来给孩子们上课。小乐队 80 多个孩子使用的小提琴、架子鼓、长笛、黑管、萨克斯等 12 种乐器都是"音乐之帆"免费资助的。

五年级一班的王咏是学校乐队的成员，吹圆号。王咏说，他进乐队是三年级的时候被老师挑中的。"我觉得很好玩，每周两次训练，会有很牛的老师来教。我已经会吹十来个曲子了。还考了圆号四级呢。"王咏的父母是做建材生意的，文化程度都不高，没法指导孩子学习，也不会教他吹圆号。但对孩子的进步，他们显然看在眼里，喜在心头。

学校的圆号不能拿回家练，但王咏不担心回家没法练习，因为爸爸妈妈已经斥资一万多元给他买了自己的圆号，这对一个租房住的外来家庭并不是一笔小开支。

昨天，来指导孩子们排练乐曲的"音乐之帆"志愿者——中国歌剧舞剧院的赵宇说："打工子弟校的孩子们在乐感和接受能力方面一点不比公办校孩子差，有的孩子甚至显示出更好的音乐天赋。只要有机会，他们一样会成为出色的乐手。"

数字 3
随迁子女已达 50 万
七成外来孩子就读公办校

据介绍，目前本市外来人口子女已经近 50 万，义务教育阶段随迁子女比 2000 年增长了 40 万人。

校长李守义说：我不敢小看任何一个孩子，我觉得这些学生中就可能有未来的总理、部长。他们中的很多人将在北京生活，是未来的新市民。所以一定要让他们比他们的父母更强。据介绍，目前本市外来人口子女已经近 50 万，义务教育阶段随迁子女比 2000 年增长了 40 万人。在随迁子女数量急剧增加的情况下，北京市坚持以"流入地政府接收为主"、"公立学校接收为主"的方针解决学生入学问题，目前在全市公办学校就读的外来学生占随迁子女总数的 70%。

北京晨报

"办好学校，先让家长满意"

朝阳区星河双语学校关爱打工者子女

《北京晨报》记者　徐晶晶

（2012 年 12 月 4 日报道）

　　学生见到来访者彬彬有礼地问好；英语课上孩子大胆踊跃举手发言……走进位于朝阳区的打工子弟学校——星河双语学校，让记者深受感染的，不仅是这里窗明几净的环境，更是孩子们的快乐与朝气。"我要让孩子明白自己不比公立校的孩子差，而孩子们确实也越来越可爱。"提到校内的 1000 多名学生，校长李守义言语中充满了自豪。

信念：不让一个孩子失学

　　李守义是一名从教 40 余年的老教育工作者。谈到打工子弟学校的创办，他告诉记者，其实外来打工者对子女教育的要求很简单，"就是希望自己的孩子能有学上，上好学，比自己有出息。"

　　两句话看似简单，实践起来却不容易。星河双语学校是 2006 年开办的一所民办校，学校的前身是十里河小学，十里河地区外来人口密集，就学需求巨大。要想让所有孩子都"有学上"就不易。

　　李校长接手之初，首先是扩大班容量。原来全校只有 298 人，每个班 25 个人。扩招后，每个班人数扩到 50 多人，30 个教学班一下就满足了 1500 多个孩子的就读愿望。随后，学校又挤出了 5 间教室，操场上盖起了二层小楼，又增加 19 间教室。"再难也不能让一个孩子失学，来了就得有学上！"这是李校长一贯的信念。

办学：先要让打工者满意

"十八大提出要争办人民满意的学校，怎么才能叫人民满意，我把它具体化，我办打工子弟学校，首先就是要让随迁子女的家长满意。"明确了这一办学思路，学校开始了"双语教学"为特色的教学实践。"英语作为国际语言工具，这个时代的孩子必须掌握！"李校长说。

经过 6 年多的积淀，如今星河双语学校的孩子们英语水平比不少公办校学生还要好。今年朝阳区有千名来自各个学校的学生参加剑桥少儿英语大赛，星河双语的学生作为唯一的打工子弟校代表也参加了大赛，最终 35 个获奖小选手中，有 5 位是星河双语学校的。

风气：孩子懂礼貌重礼仪

每一个走进星河双语学校的客人，都很容易喜欢上这里的孩子们，那是因为无论你走在哪个角落，遇上了学生，他们都会放缓脚步，对你微笑问候。懂礼、守时守纪、讲卫生、接受传统教育、接触国学启蒙……这些都已经成为星河双语学校"习惯养成"这一办学特色的内涵。

"现在懂礼貌、重礼仪已成为学校的一种风气，新转来的学生都会被融入这个氛围，所以很多人都说这里的孩子变得越来越可爱了！"说起这些，李校长一脸骄傲。

展望：学校明年将再扩建

记者了解到，近 5 年内，教育管理部门就给星河双语学校投入了将近两千万元，明年，学校还将再次扩建，加盖一层教学楼。此外，社会各界也积极对学校进行帮扶，现在已经有八个单位在星河双语建立了帮扶基地。华谊兄弟基金给学校建了一间放映室，保证每个班每学期能看上一次电影；"音乐之帆"项目帮学校建起了乐队。

"教育老兵"李守义：
为打工子弟打开一扇窗

《辅导员》杂志记者　张英培

（2017 年 6 月报道）

在北京市朝阳区，有这样一所专为非京籍学生特别是打工子弟开办的学校——北京市朝阳区星河双语学校，该校是政府委托办学的典型，是朝阳区首批打工子女教育示范校。学校开办于2006 年，坚持"双语教学""习惯养成教育"两大办学特色，从最初的 298 名学生发展到现在十里河、金盏、新亚 3 个校区、近2000 名学生，成为北京市农民工随迁子女"明星校"。

学校的创办者、校长李守义是一位"教育老兵"，他生在朝阳、长在朝阳、教在朝阳，曾"主政"朝阳区垂杨柳学区教育教学工作 24 年，带领该学区成为"朝阳区素质教育示范学区"；他本人也先后被评为朝阳区有杰出贡献的教育工作者、北京市劳模、改革开放 30 年教育功勋人物、2010 年首都教育十大新闻人物等。

退休后，65 岁的李守义毅然接受朝阳区教委重托，创办星河双语学校并出任校长，默默奉献，殚精竭虑，把学校办成了"改革开放 30 年京城最具盛名的民办校"。

增强学生"获得感"，培养学生"责任感"

"素质教育不单是指文化教育，对这所打工子弟学校来说，我们正着力从增强孩子们的'获得感'入手，培养他们的'责任感'，简单地说，就是希望他们能够'学好知识，提升素质，孝敬父母，自尊自立'。"

采访时，李守义首先提出了"获得感"的概念。他认为，学校培养的学生必须得有"获得感"，从而学会承担责任，"一定要超越父辈，要超越自我。"李守义向笔者展示了学校开展的家长学历构成调查结果，据统计，学生家长中大专及以上学历的仅占6.42%。

"这个调查数字让人触目惊心。我们的学校，我们的教育，必须要让孩子们收获更多的东西，除了提升他们的知识及学历水平，更要提升他们的能力——将来面对生活、面对社会的生存能力、发展能力。"李守义的话诚恳、朴实，话语间激荡着某种坚持："我想尽力弥补孩子们在教育上的缺失，尽力缩小他们和城市孩子之间的差距，帮助他们更快、更好地融入城市，为他们成人、成才打下一个好的基础。"

10余年来，在朝阳区教委的高度重视与全力支持下，李守义坚持不懈，苦心经营，从最初的一栋楼，到修建塑胶跑道、加盖教学楼，从最初的一个校区，到现在的3个校区，使得星河双语学校的办学条件成为打工子弟学校中的佼佼者。

与此同时，李守义通过各种渠道千方百计引入社会资源，推动学校成为团市委、北京市志愿者协会、朝阳区团委、北京图书大厦等单位的基地校。凡是对老师发展、学生成长有益的，他来者不拒。此外，李守义还积极提高自身办学水平。他抱着"不能让家长花冤枉钱，不能让孩子跑冤枉路"的想法，化繁为简地认定校长的任务是管理，而管理就是解决问题，促进发展，从而全心全意扑在学校建设、改造、创新上。

李守义认为，校长的职责在某种意义上就是要争取政府支持、争取社会资源，提高自身的办学能力，想尽办法给学生搭建平台——只要有利于学生的身心健康，有利于学生的文化学习，有利于开阔学生视野，让学生在这台上"唱戏"，培养和展示他们的才能。

"双语教学"，为打工子弟打开世界之窗

"我上学时没学过英语，工作后有一回因公出国，我想要杯开水，却'开不了口'，因为我不会说'hot water'。"谈及"双语教学"模式设立的初衷，李守义举了个自己"尴尬"的例子。

目前，星河双语学校接收了来自31个省的来京务工人员子弟，学生的水平、能力、习惯、心理素质参差不齐，此外，不少学生因随父母迁徙，流动性极大。在这里，五年级的学生连26个英文字母都不熟悉不算新闻。

从自身经历出发，李守义提出了"双语教学"的目标，他千方百计、创造条件为学校英语实验班配备"英语副班主任"，保证学校每天上两节英语课，除了国家英语教材之外，还引入剑桥英语教材，并组织学生参加春蕾杯、希望杯、剑桥少儿英语大赛等社会英语考级和实践活动，"我想让孩子们都试一试，在试一试中去经历、去成长"。他还积极与北京第二外国语学院合作，希望培养孩子们更好的交流合作和英文感知能力。

此外，李守义一直认为经典古诗文是中国浩瀚文化星空中璀璨夺目的明珠，是中国古代思想与汉语语言的完美结合，也是中华民族精神气质最完美的呈现。因而，自办学以来，他同时推进"古诗文进课堂"项目，要求一至六年级学生分别能熟记熟背 15 到 80 首古诗文。"希望通过此举丰富学生的古典文化知识，陶冶学生情操，并使学生得到传统文化的熏陶。"李守义说。

"养成教育"塑造合格社会公民

"坦率地讲，星河双语学校在有点社会影响力，有点名气，凭什么？从某个角度来看，是学生鞠躬'鞠'出来的，是学生走路'走'出来的，是学生扫地'扫'出来的，我心里也美滋滋的，因为我们的孩子行为美……我觉得，现在的孩子不仅要抓行为美，心灵美也要抓。"

采访中，李守义对学校生源毫不讳言："打工子弟学校的学生有'五差'，家长有'五缺'——'五差'是指基础或基本的知识差、能力差、习惯差、视野差、心态差；'五缺'指缺知识、缺能力、缺时间、缺精力、缺方法。所以，我们必须用养成教育让学生把行为变成习惯，把习惯变成性格。"

许多刚入校的孩子，某些学习和生活的习惯并不好。在这种情况下，李守义摸索出一套"习惯教育"的特色教育方式，通过顺口溜传诵、学校氛围熏陶的方式，对孩子们在学校、家庭、社会等场合中的语言和行为习惯提出要求。其中，李守义强调了以"行为美"和"心灵美"为主的做人教育。李守义认为，行为美就是六个字：礼貌，规矩，干净；而心灵美主要培育孩子的责任心、善心、感恩心、诚信心、自信心。

合肥市琥珀名城小学校长借世峰参加孩子们的"嘻咚隆咚"活动

李守义坚信，只要学校的孩子们养成了习惯，懂礼貌便成为一种风气，讲卫生便成为一种常态，守纪律便成为一种自觉，爱学习便成为一种兴趣，健身心便成为一种追求，会做人便成为一种灵魂的目标。这些做好了，便能受益终生。学生可以对自己负责，对他人负责，对集体负责，对家庭负责，对社会负责。从星河走出去的每个孩子至少要是一名合格的公民。

"校长必须要静下心来办学，这是第一。天天忙这忙那，你甭办学，那纯粹是给领导应付差事的。第二，校长一定要有准确的思路，认准这个目标，就一定要走下去。只要我在这儿当一天校长，就会把我的办学理念做下去，待十年我干十年，待二十年我干二十年！"采访最后，李守义真挚地说道。

毅然决然、坚持坚守，李守义这位"教育老兵"，诚如在获得

2010 年首都十大教育新闻人物时得到的评价那般——老骥伏枥，志在打工子弟教育！

附录五
影像力·李守义办学育人图志

1995 年，垂杨柳学区召开全面推进素质教育大会，李守义作动员讲话

1996 年开始，"青春在杨柳闪光"成为垂杨柳学区一项常态活动，每年五四青年节前举办

1997年，时任北京市教委基教处处长富凯宁参加垂杨柳学区素质教育专题研讨会并作指示

1997年，垂杨柳学区开展青年教师素质展示活动

1997年，李守义在垂杨柳学区青年群英会上讲话

敢为人先，李守义带领垂杨柳学区向素质教育挺进

1997 年，垂杨柳学区召开"抓好课堂主渠道，认真实施素质教育"总结大会，李守义作总结讲话

1998 年，李守义考察学习美国基础教育

1998 年，垂杨柳学区召开"改革是素质教育的出路"研讨会

1998 年，垂杨柳学区推进素质教育三年总结大会

1999 年，垂杨柳学区召开"科研是推进素质教育的龙头"专题研讨会

2000 年，李守义考察学习日本基础教育

敢为人先，李守义带领垂杨柳学区向素质教育挺进

素质教育，为垂杨柳学子幸福人生、快乐生活奠基

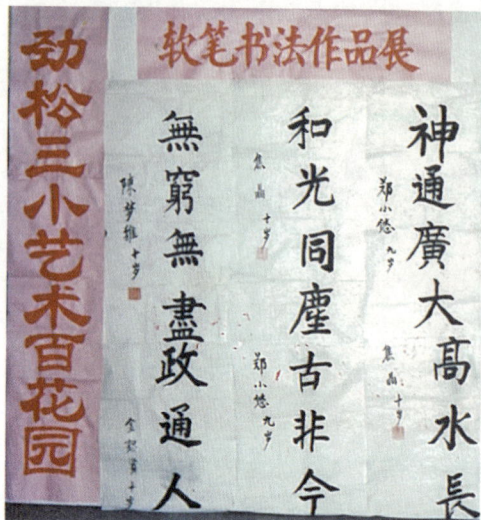

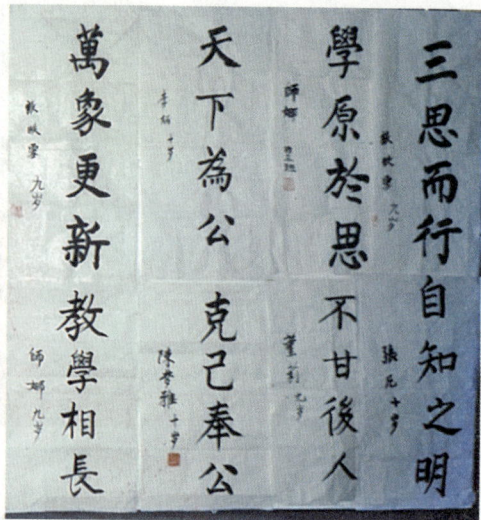

素质教育，为垂杨柳学子幸福人生、快乐生活奠基

素质教育，为垂杨柳学子幸福人生、快乐生活奠基

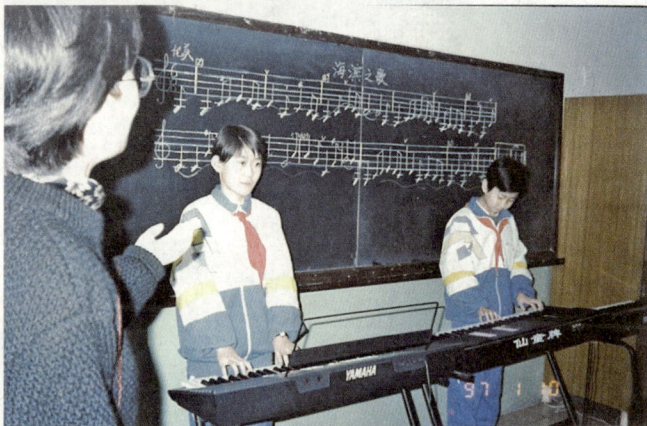

素质教育，为垂杨柳学子幸福人生、快乐生活奠基

劳动教育特色校——沙板庄小学

安全教育特色校——垂杨柳中心小学

科技教育特色校——水南庄小学

电化教育特色校——劲松三小

素质教育，让垂杨柳学区"校校有亮点，一校一特色"

器乐教育特色校——和平村一小

少先队教育特色校——堡头一小

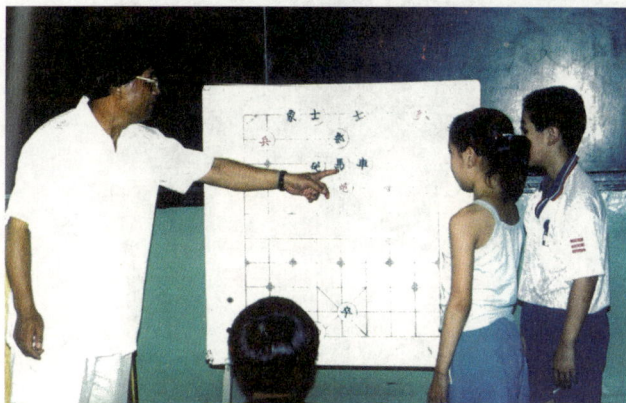

棋类教育特色校——
劲松二小

艺术教育特色校——
劲松四小

消防教育特色校——
垡头二小

素质教育，让垂杨柳学区"校校有亮点，一校一特色"

优秀校长——苏敢

优秀校长——戴玉琴

优秀校长——师建英

优秀干部——程林贵

优秀干部——田馨萍

优秀干部——张桂华

素质教育，成为垂杨柳学区党员干部的责任担当

优秀干部——温玉祥

优秀党员——马颖

优秀团员——孟献花

优秀辅导员——赵芳

素质教育，成为垂杨柳学区党团干部的责任担当

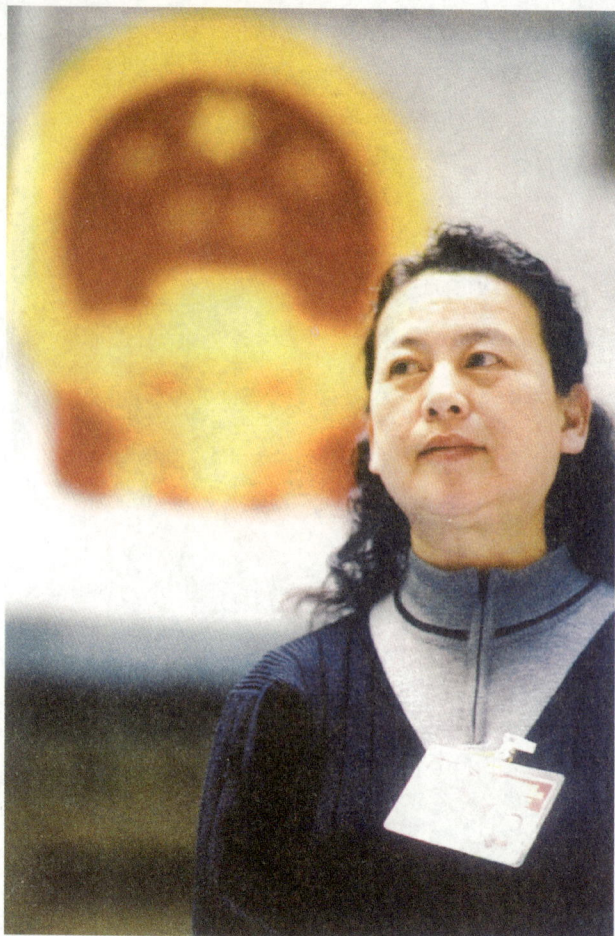

全国人大代表、优秀教师——凌爱宜

优秀教师——李文清

优秀班主任——刘洪涛

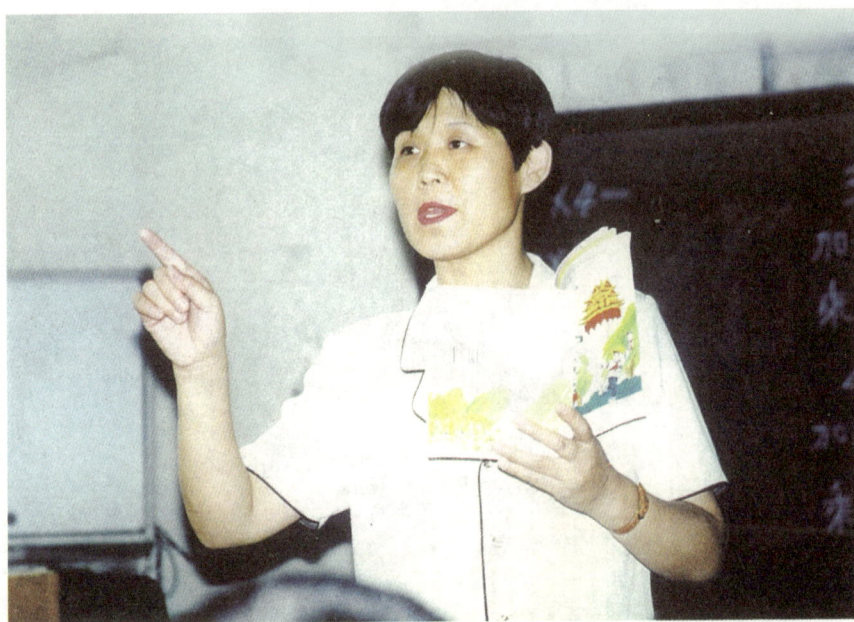

优秀班主任——张凤英

素质教育，让垂杨柳学区干部教师勇当排头兵

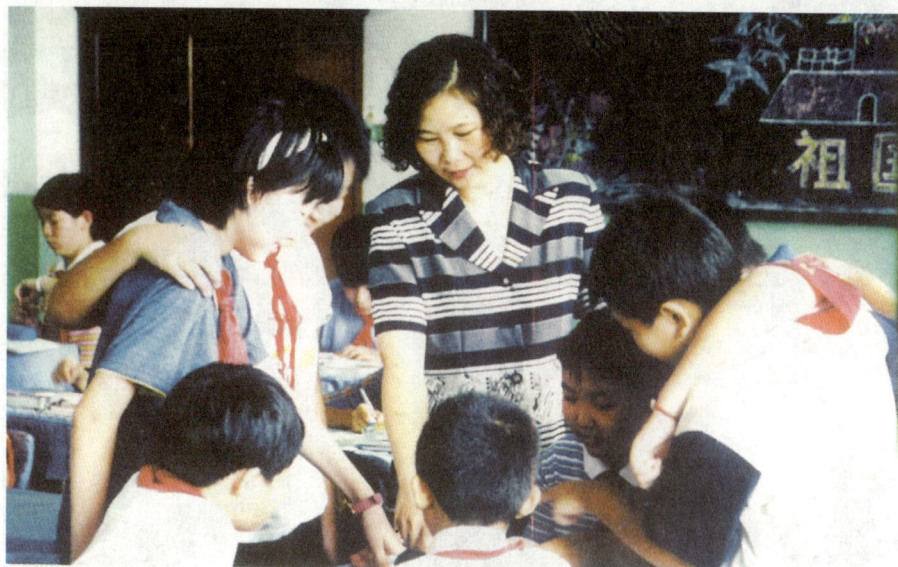

优秀班主任——**罗利君**

优秀青年教师——**常平**

优秀青年教师——韩雪红

优秀青年教师——李文会

素质教育，让垂杨柳学区干部教师勇当排头兵

优秀课堂教学——刘飞

优秀课堂教学——苏朝晖

优秀课堂教学——涂桂庆

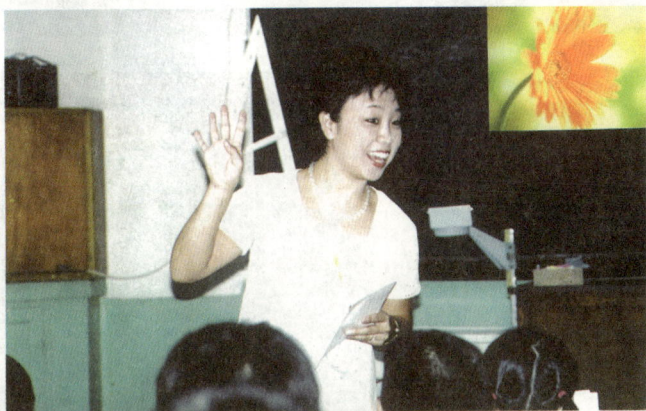

优秀课堂教学——徐洁

优秀课堂教学——李琛

素质教育，成就垂杨柳学区课堂教学改革主阵地

优秀课堂教学——王彤

优秀课堂教学——张燕

优秀课堂教学——柴巧玲

优秀课堂教学——周秀英

优秀课堂教学——张丽艳

素质教育，成就垂杨柳学区课堂教学改革主阵地

在李守义眼中，每一个星河少年都是一颗闪闪发光的小星星

大声、大胆、大方回答问题

悦读是我们的"星河习惯"

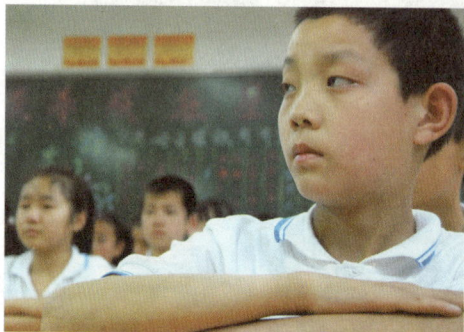

上课听讲一定要专注

排队看齐我做得最好

我是一年级最听话的学生

跟随老师的目光一起探寻

今天我是践行"四自"小标兵

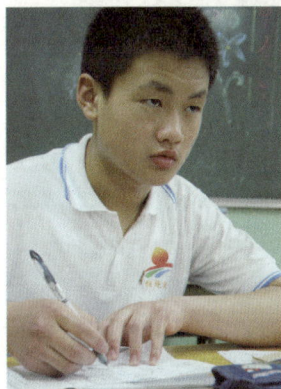
对集体负责，集体的事争着做

爱学习，成为一种兴趣

坐有坐样

学习习惯从每个细节做起

习惯养成教育培养"星河美少年"

新华社与星河校建立"手拉手基地"

人民日报社与星河建立"爱心支教基地"

中央电视台与星河建立"活动基地"

北京八大博物馆走进星河

阳光自信、砥砺奋进的星河赢得了
社会各界的关心和支持

奥运冠军走进星河

北京第二外国语学院走进星河

全国人大代表、北京市特级教师吴正宪走进星河

北京市特级教师、朝阳区教研中心小学教研室主任高萍走进星河

阳光自信、砥砺奋进的星河赢得了
社会各界的关心和支持

"音乐之帆"社会爱心组织走进星河

华谊兄弟"零钱电影院"走进星河

知名书法家张道成走进星河

知名二胡演奏家于红梅走进星河

阳光自信、砥砺奋进的星河赢得了
社会各界的关心和支持

苏格兰教育代表团走进星河

国际友人走进星河

阳光自信、砥砺奋进的星河赢得了
社会各界的关心和支持